# 너희는 보석 같은 존재

"당신은 수많은 별들처럼
거대한 우주의 당당한 구성원이다.
그 사실만으로도
자신의 삶을 충실히 살아가야 할
권리와 의무가 있다."

－맥스 에흐만－

| 청소년 고민 타파 에세이 |

너희는 보석 같은 존재

고정욱 지음

Ⅲ 책담

## 고민하고 방황하는
## 소중한 아이들에게

　나는 전국을 한 해에 300번 가까이 돌며 강의를 하는데, 그때마다 새롭게 만난 아이들 숫자는 셀 수 없이 많아. 얼굴을 하나하나 기억할 수는 없지만 나를 바라보던 궁금증 가득한 눈동자는 잊을 수가 없단다. 강의가 끝난 뒤에도 아이들은 내 휠체어를 밀면서 아쉬운 듯 여러 가지 고민과 생각을 질문하고 쏟아 내더구나.

　"선생님, 작가가 되려면 어떻게 해야 하나요?"

　"제 꿈이 뭔지, 무엇을 잘하는지 모르겠는데 어떡하죠?"

　"친구들이 저를 싫어하는 것 같아요."

　이런 고민과 질문을 듣거나 이메일로 받아 볼 때면, 너희가 자신의 꿈을 찾기 위해, 자기 삶을 잘 살기 위해 얼마나 애쓰고 있는지 피부로 느껴지더군. 독일의 문호인 괴테는 자신의 결작 《파우스트》에서 이렇게 말했어.

　"인간은 노력하는 한 방황하리니."

　《빅 보이》, 〈까칠한 재석이〉 시리즈 등은 방황하는 너희에게 도움을 주고 싶어서 쓴 청소년 소설이었어. 현준이, 재석이 등의 주인공을 통해 너희 마음을 다독이고, 고민을 풀어 주고 싶었기 때문이야.

　그리고 재미있는 소설도 좋지만 언젠가는 너희 고민에 솔직히 대답해 주는 진솔한 책을 써야겠다고 생각하게 되었지. 마치 너희와 마주 앉아 고민을 듣고 바로 답변해 주는 것 같은 그런 책 말이야. 먼저 너희가 가장 고민하는 문제들을 모아 봤더니 대략 10개 정도가 되더구나. 처음엔 고작 10개 남짓이라는 사실에 어이가 없었지. 엄청 많을 줄 알았거든. 하지만 다시 생각하니 그럴 수도 있겠다 싶었어. 우리는 이 몇 안 되는 고민을 평생 하며 사니까.

너희의 꿈, 사랑, 우정, 공부, 가족, 이성, 친구 등등에 대한 고민과 질문에 대한 나의 답변을 이 책에 모두 담았어.

나라는 사람은 자녀 셋을 길러 내고, 책을 250여 권 쓴 작가잖아. 그리고 나이도 이제 곧 60이 가까운 거의 큰아버지 세대이고. 그렇기에 아무리 이 책에 경험을 녹였다 해도 10대인 너희가 보기에 고루하거나 답답한 면도 있을 거라고 봐.

내 주장이 다 옳다고, 무조건 너희들이 받아들여야 한다는 건 결코 아니야. 내가 하는 이야기를 통해 자신의 문제를 좀 더 크게 멀리 바라보길 바랄 뿐이야. 그래서 삶이라는 길고 긴 마라톤에서 실수를 줄이는 데 약간의 참고가 되었으면 하는 마음이지. 아직 나에게도 인생이라는 경기는 끝나지 않았고 너희들은 이제 시작한 것일 뿐이란다. 고민은 보다 나은 자신을 향해 가기 위한 과정이고, 누구나 겪는 거야. 지혜롭게 헤쳐 나가길 바라면서 이렇게 말해 주고 싶어.

"너는 온 우주에 하나뿐인 보석 같은 존재야. 아니, 너희들 하나하나가 우주란다. 너 자신의 가능성을 믿어!"

2016년 여름 북한산 기슭에서 고정욱

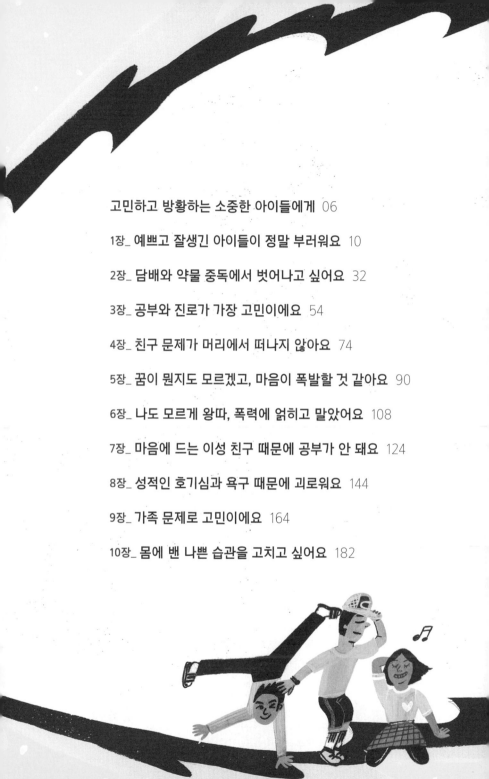

### 1장

# 예쁘고 잘생긴 아이들이 정말 부러워요

중고등학교에 강연을 가면 너희들이 외모에 엄청나게 신경 쓴다는 걸 알 수 있어. 여학생들은 대부분 긴 생머리에 앞머리는 일자로 잘랐지. 어떤 여학생은 헤어 롤을 말아서 앞머리를 띄우려고 애쓰기도 했어. 염색은 기본이고. 파마를 했는지 머리카락이 아주 찰랑거리기도 하지.

남학생들은 다르다고? 마찬가지야. 요즘 유행한다는, 머리를 마치 초가집처럼 덮어씌운 헤어스타일을 보면 남학생들도 멋내기에 관심이 많다는 생각이 들어. 유행도 빨리 변해서 1~2년마다 새로운 스타일이 나오는 것 같더라. 물론 염색과 파마 정도는 기본으로 한 학생도 있어. 그걸 보면 안타까운 마음이 든단다.

한창 외모를 꾸밀 나이잖아요. 왜 안타깝다고 생각하세요? 외모는 우리의 자존심인데요.

하, 그 말도 맞아. 외모가 멋있으면 거기에 걸맞은 행동을 하게 되거든. 반대인 경우도 그래. 하지만 외모를 꾸미고 자신을 돋보이게 하는 것은 때와 장소를 가려서 해야 해. 잠자기 전에 멋있게 머리를 드라이하는 사람은 없잖아. 잠잘 때 화장하는 사람도 없지. 결국 외모를 꾸미는 건 밖에 나가서 남들을 만날 때 돋보이고 싶어서야. 다시 말하면 남에게 자신을 드러내며 자신의 우월감을 보여 주려고 외모를 꾸미는 경우도 많아.

그런데 지금 중고등학생이 외모를 돋보이게 해서 무언가를 얻을 수 있는 나이일까? 나는 아니라고 봐. 외모를 꾸미며 이성의 관심을 끄는 일은 20대 혹은 30대 때 한창 젊음을 만끽하고 배우자를 찾을 때 필요해. 지금 학생들은 배우자를 찾거나 외모를 통해서 성적인 매력을 발산할 때가 아니잖아. 물론 자기만족이라는 부분도 무시할 수 없지만 그보다 훨씬 중요한 일이 있으니까.

고리타분한 이야기 같지만 청소년기는 미래를 준비할 때야. 너희들도 동의하지? 꼭 공부만이 미래를 준비하는 방법이라고 말하는 게 아니야. 다만 무엇이 되었건, 지금 한 시간을 준비한다면 10년, 혹은 20년 후의 토대가 된다는 사실을 잊지 마.

전 너무 못생겼어요. 못생긴 얼굴 때문에 속상해요.

음, 얼굴이 못생겨서 속상하다고? 남에게 보이는 게 그렇게 신경 쓰여? 나는 그럼 어떻겠어? 내 몸을 봐. 나는 하반신이 거의 성장하지 않은 일급 지체 장애인이야. 제대로 서지도 못하고 목발을 짚고 비틀거리며 걷는 게 사춘기 때 내 모습이었어. 나도 외모 때문에 마음의 상처를 많이 입었지. 쇼윈도 앞을 지나갈 때는 애써 딴 곳을 바라보며 외면했어. 나의 힘없는 다리와 흐느적거리는 몸을 제대로 보는 게 싫었거든. 남들 눈에 내모습이 저렇게 보이는구나 생각하면 너무 괴로워.

그런데 놀라운 점이 뭔지 알아? 그 모습을 보지 않으면 머릿속에서 잊힌다는 거지. 그러니까 거울만 계속 들여다보며 자기가 못생겼다고 스스로 주눅 드는 모습, 그게 더 못난 것 같아. 그리고 외모를 중시하는 세상의 시선! 그게 사실은 순수한 것이 아니야.

 왜 그렇죠? 예쁜 걸 보면 좋잖아요. 과일도 예쁜 과일이 맛있고, 옷도 예쁜 옷이 좋죠.

물론 예쁜 걸 좋아하는 건 인간의 본성에 닿아 있는 심리야.

그렇기 때문에 사람들은 자신의 외모를 보며 많은 생각을 하지. 어리건 나이 들었건 외모에 관심 없는 사람은 별로 없을 거야. TV 광고 속 탤런트나 가수를 봐. 모두가 예쁘고 하나같이 키도 크고 외국어도 잘하고 정말 완벽해 보이지? 그러다 보니 너희는 외모뿐만 아니라 모든 면에서 열등감을 느낄 수 있지. 그런데 여기서 중요한 사실을 하나 알아야 해. 남들은 나만큼 나에게 관심이 없다는 것이야.

그럴 리가 없어요. 밖에 나가면 다 나를 쳐다보는 것 같은데요. 그러니까 입술도 칠하고 머리도 빗고 나가야 돼요.

그렇지 않아. 남들의 시선이 너희 외모를 평가하기 위한 것이라 생각하는데, 사실 사람들은 너희들에게 크게 신경 쓰지 않아. 다들 시간에 쫓길 뿐 아니라 시선도 남을 향하지 않고 스마트폰 등에 고정되어 있잖아. 그리고 아름다움의 기준도 시대나 환경에 따라 변해. 그렇기 때문에 지금 유행하는 아름다움과 유행이 영원히 지속되지 않는다고.

사실 무엇보다 문제는 상업주의야. 외모를 아름답게 꾸민 사람들을 다른 수많은 사람들이 따르게 만들어야 상업주의가 성공하거든.

상업주의와 외모가 무슨 상관이에요?

　기업의 이익을 만들려는 산업들이 외모지상주의를 적극적으로 이용해. 화장품 광고를 예로 들어 보자. 화장품 모델들을 보면 어때? 한류 스타들이 여러 명 나오는데, 다들 완벽하게 예쁘고 멋있잖아.

　내가 방송출연을 하면서 TV에 정말 예쁘게 나왔던 탤런트, 가수들을 분장실에서 만난 적이 있어. 그 사람들의 맨얼굴이 어떤지 아니? 온통 얼굴에 화장독이 올라서 불그죽죽해. 그걸 화장으로 하나하나 커버하는 거야. 포장을 잘하는 거지. 즉, 우리들은 포장지를 볼 뿐 안에 있는 내용물을 보진 못하는 거야. 심지어 점이나 기미까지 살색 파운데이션으로 콕콕 찍어서 가려 버리지. 그런데 그게 미의 기준이 되어 버렸어. 예쁘게 꾸며야 멋있어 보이게 된 거야. 그리하여 그 사람이 쓰는 물건을 쓰고 싶고, 그 사람이 마시는 물을 마시고 싶고, 그 사람이 타는 자동차를 타고 싶어 하는 거란다. 이게 바로 거대 자본과 외모를 중시하는 인간의 본성이 결합한 상업주의야. 부디 너희는 어른들이 만들어 놓은 상업적인 덫에 빠져서 허우적대며 시간을 낭비하지 말길 바란다.

 와, 그런 얘기는 처음 들어 보는데 사실이에요?

모든 사람이 아름다워져야 한다고 상업주의는 강조하고 있어. 하지만 아름다움은 화면에 보이는 그런 겉모습이 아니란 걸 잊지 마. 나는 사회적으로 성공한 사람을 많이 만나 봤어. 그런데 그 사람들이 다 광고 모델 같을까? 천만에! 다리도 짧고 머리는 빠글빠글, 이마는 나처럼 훌렁 까진 사람도 많아. 두꺼운 안경을 썼거나 뚱뚱한 사람도 적지 않지. 키는 물론 작아. 내 나이 또래 사람들은 170센티를 넘는 사람도 많지 않아. 그런 외모를 가진 사람들이 직원 수십만 명을 거느린 큰 회사 사장님이야. 정말 멋지게 살고 있지?

내 고등학교 동창인 K는 우리나라 유명 회사 중 하나인 S전자 고위 임원인데, 몸이 뚱뚱하고 다부지게 생겼어. 연봉이 수십억이라지만 광고 모델같이 멋있진 않아. 하지만 자신감이 넘치고 당당해 보여. 어때? 너희들이 광고 모델이 멋있다고 추앙하는 건, 외모가 멋있어지면 삶도 멋있어질 거라는 이미지에 속고 있기 때문이야. 멋진 외모는 처음 만나는 사람에게 좋은 인상을 줄 수 있을지는 몰라도 결코 사람을 평가하는 기준이 될 수는 없어.

 하지만 깔끔한 인상을 주는 사람이 멋있잖아요. 우리 엄마도 외출할 때는 옷을 단정하게 입고 세수하고 나가랬어요.

맞아. 그건 상대방에 대한 예의지. 최선을 다해서 자신의 좋은 모습을 보여 주는 건 분명 긍정적인 면이 있어. 하지만 깔끔하고 잘생긴 연예인들의 경우, 가끔 스캔들이 나거나 비리가 터질 때는 어때? 말도 안 되는 짓들이 드러나잖아. 그럴 때면 우리는 그들의 외모에 속았다는 생각이 들어. 아름다운 사람이 곧 도덕적이거나 인간성이 좋은 사람은 아닌 거야.

오히려 진짜 아름다운 사람은 누굴까? 오래 봐도 질리지 않는 인간성을 가진 사람, 착한 마음씨를 가진 사람, 남에 대한 배려와 예의를 갖춘 사람, 불의를 보면 참지 못하는 사람…… 안 보면 보고픈 사람, 이런 사람이 아닐까? 나는 그렇게 생각해.

나는 고등학생 때 다리가 흐느적거려서 목발을 짚고 다녔어. 그런데도 친구들이 많았어. 그 아이들은 왜 날 좋아했을까? 내가 잘생겨서? 키가 커서? 운동을 잘하고 멋져서? 모두 아니야. 나는 친구들이 나의 장애를 잊을 정도로 즐겁고 유쾌하게 놀아 주곤 했지. 친구들을 우리 집에 불러서 함께 기타를 치고 이야기도 하면서 많은 시간을 보냈어. 지금도 중고등학교 동창들은 나를 만나면 아이들처럼 즐거워해. 서로 시간을 나누고 추억을 공유하다 보니 친구들은 자신의 학창 시절과 나를 떼려야 뗄 수가 없었던 거지.

만약에 처음부터 외모에 반해 나를 만났다면, 지금 이렇게 늙어서 이마도 까지고 살도 찌고 쭈글쭈글한데도 나를 만나러 올까? 그게 아니지. 외모보다 인격이 바로 그 사람이 지닌 아름다움이란다. 남들과 잘 어울리고, 남이 잘못해도 관대하게 용서해 줄 수 있는 인격. 이런 건 절대 화장이나 성형수술로 얻을 수 없어.

그러니 지금은 외모를 다듬고 꾸미는 데 신경 쓸 때가 아니야. 네 미래를 준비하고 생각과 마음을 가꿀 때라는 사실을 잊지 마. 사람에게 주어진 시간은 24시간. 이건 모든 사람에게 똑같이 주어진 소중한 재산이야. 이걸 잘 아끼고 다듬고 소중히 투자해 봐! 먼 훗날 너희들은 외모가 아름다운 사람이 아니라 인격이 아름다운 사람이 되어 있을 테니.

 외모는 그렇다고 해도요, 뚱뚱한 건 정말 싫잖아요.

음, 고민이 되겠구나. 정말 요즘은 다들 음식을 잘 먹어서 그런지, 길거리나 학교에서 뚱뚱한 아이들을 종종 본단다. 부모들은 대부분 자식이 음식을 잘 먹고 덩치가 크면 흐뭇해하는 것 같아. 그건 과거 원시 시대부터 이어진 본능이 아닐까 싶어. 몸이 뚱뚱하면 먹을 게 없어도 오래 살아남을 수 있잖니. 이미 체내에 비축되어 있는 에너지가 많으니까. 그래서 부모는 본능적으로 아이들에게 뭘 많이 먹이려고 하는 것 같아. 과거에 못 먹고 못살던 시절에는 특히 그랬지. 자기 몫까지 아이들한테 보태 주기도 했고.

요즘은 어떻니? 햄버거 하나가 1200칼로리로 공기 밥 네 그 릇이랑 맞먹어. 고칼로리의 음식들이 많아져서 조금만 먹어도 금세 살이 찌지. 게다가 공부하느라 책상 앞에만 앉아 있고 꾸준히 운동하는 아이들도 별로 없잖아. 그러니 정말 살찌기가 쉽지.

사람들은 살이 찐 사람을 조롱거리로 여겨. 그건 역시 앞서 말했던 상업주의의 영향이야. 살이 찌고 뚱뚱한 사람은 게으르고 자기 관리를 못하는 사람으로 여기도록 만들었기 때문이야. 광고를 봐. 뚱뚱하고 못생긴 사람이 울상 짓고 있을 때 날씬한 여자가 상쾌하게 웃으며 지나가잖아? 그건 뭘 의미할까? '뚱뚱한 건 우울하고, 날씬한 건 상쾌하다.' 이런 이미지를 심어 주는 거야. 뚱뚱한 사람들이 날씬해지기 위해 뭔가 사도록 만드는 거지. 살 빠지는 음료를 마시라든가, 다이어트 약품을 먹으라든가. 뭔가를 사라는 상업적인 의도를 갖고 그런 식으로 비교하는 거야. 그런데 그걸 모르고 '아, 뚱뚱한 건 비참한 거구나. 뚱뚱한 것은 죄악이구나.'라고 생각할 필요는 없어. 그건 얄팍한 어른들의 상술에 속아 넘어가는 거야.

그래도 날씬해지려고 다이어트하는 아이들도 있어요. 노력해서 날씬해지는 게 뭐가 나빠요?

뚱뚱하건 날씬하건 그건 그다지 중요한 문제가 아니야. 게다가 청소년기에 뚱뚱해도 다 자라고 나면 변할 수도 있어. 너희는 공부하느라 운동은 많이 못하는데, 한창 먹을 때니 살이 찌기도 할 거야. 하지만 어른이 되면 직장을 다니거나, 바깥 활동을 많이 하면서 운동량이 늘어나고 음식을 조절할 여력도 생기지. 그러다 보면 살도 자연히 빠지게 될 거야. 물론 더 나이들면서 다시 살이 찌는 어른도 많지만 말이야.

더욱이 사춘기는 아직 성장기야. 그러니까 살을 빼겠다며 무리하게 약을 먹으면 간이 상할 수도 있어. 그런 약들은 독성이 강해서 간이 해독을 해야 하는데, 그 과정에서 무리가 간단다. 그리고 살을 뺀다며 음식을 적게 먹는 것도 건강에 나빠.

오히려 너희들은 너무 마른 아이들의 고민도 들어 볼 필요가 있어. 걔네들은 살 한번 쪄 봤으면 좋겠다고 해. 너무 마른 것도 별로 보기 좋진 않으니까. 마르면 마른대로 고민이 있는 거지. TV나 인터넷에서 몸짱, 근육맨, 베이글녀, S라인 등에 대해 많이 이야기하잖아. 이런 사람을 모델로 내세워야만 수많은 일반인들이 '상업의 올가미'에 걸리기 때문이야.

너희들은 날씬한 몸매가 되고 싶고, 배에 식스팩을 갖고 싶니? 하지만 걱정하지 마. 성장기 때 마른 사람이 나중에 뚱뚱한 사람이 될 가능성도 있고, 지금 살이 조금 쪘어도 어느 정도 성장하고 나면 균형 잡힌 몸이 될 수도 있어. 물론 그렇게 되려면 규칙적으로 운동하는 습관을 들이고, 음식을 골고루 먹으면 된단다.

더구나 잘 성장하기 위해서는 매일 일정한 칼로리의 음식을 먹어야 해. 살 빼겠다고 굶으면 건강을 해쳐. 청소년기의 건강은 평생의 건강을 좌우해. 그러니 세끼 밥 제대로 챙겨 먹고 시간 날 때 열심히 운동을 해서 살을 빼는 게 좋겠지. 또 아이스크림 같은 간식을 줄이고. 밤늦게 야식을 먹지 말아야 해. 그런 식으로 스스로 건강하게 살을 빼면서 몸을 유지할 수 있다면 자연히 나이 들어서 보기 좋은 몸매가 될 수 있어.

물론 보기 좋은 몸매가 되지 않아도 상관없어. 아까 이야기했잖아. 인간적으로 매력적인 사람이 되면 그 사람이 바로 아름다운 사람이야. 정말 그 사람이 좋다면 뚱뚱한지 마른지, 혹은 키가 큰지 작은지를 따지지 않게 돼. 그 사람 자체를 좋아하게 되거든.

 외모는 그렇다 쳐도, 꾸미는 것은 다른 문제잖아요. 저는 예쁜 옷을 입고 싶어요.

요즘 학생들은 교복을 입어서 사복에 대한 욕구가 줄어든 줄 알았더니 오히려 주말의 외출복 차림을 보면 정말 화려하게 입고들 다니더군. 예쁜 옷을 입고 싶은 것도 외모와 관계가 있지. 아름다운 옷, 멋진 옷을 입으면 왠지 예뻐질 것 같은 느낌이 들잖아.

하지만 예쁜 옷을 입는 데는 경제적인 부담이 따르지. 좋은 옷은 비싸잖아. 요즘 청소년들이 입는 웬만한 옷은 어른 옷보다 비싸. 게다가 청소년들은 유행에 민감해서 꼭 특정 브랜드 운동화나 바지, 혹은 패딩 점퍼를 입어야 된다고 하더군. 백만 원이 넘는 패딩 점퍼를 너도나도 입는다는 말에 나는 깜짝 놀랐어. '그런 옷을 입으면 멋이 있나? 그런 옷을 입으면 스타가 되나?' 하는 의문이 들었어.

그것도 역시 어른들이 만들어 놓은 상업주의의 함정이야. 광고 모델들을 보면 다들 한류 스타에 아이돌들이라 눈이 번쩍 뜨이지. 그러니까 마치 그 옷을 입으면 모두 그들처럼 멋있어질 것 같다고 생각하는데 전혀 그렇지 않아.

그 옷에 대한 비밀을 말해 줄까? 모델의 몸에 딱 맞게 하려고 바지라든가 패딩 점퍼는 다시 수선한 거야. 그러고도 모자라면 사진을 포토샵으로 수정까지 해. 다리도 길게 만들고 옷도 짝 붙게 만들어서 핏이 느껴지도록 하는 거지. 한마디로 우리가 보는 광고는 다 조작이야. 조작된 이미지에 우리는 속는 거란다. 심지어 그 모델들도 수정된 자기 사진을 보면서 웃을 정도로 왜곡이 심해.

　그런데 너희는 그러한 옷에 홀딱 반해서 비싼 가격에도 불구하고 부모를 졸라. 또 굳이 그걸 입겠다고 폭력을 휘둘러 친구의 옷을 빼앗기도 하지. 정말 심각한 문제인데, 이게 모두 상업주의의 폐해라는 생각이 들어. 옛날엔 다 비슷한 가격 수준의 옷을 입고 서로 특별할 것이 없어서 옷 문제에 크게 신경을 쓰지 않았어. 그런데 요즘 들어 이런 문제가 나타나는 게 정말 화가 나.

 아이들 사이에도 유행이라는 게 있어요. 유행에 뒤처지면 놀린단 말이에요.

　'유행'이라는 게 뭐야? 유행이 없으면 그만치 소비가 줄어드는데, 기업 입장에서는 큰일이지. 그래서 계속 유행을 바꾸는 거야. 사람들이 새 옷을 사게 하려고. 헤어 디자인도 그래. 사람들이 머리 스타일을 한참 동안 안 바꾸고 계속 유지한다면 미용실을 자주 갈 필요가 없겠지? 기업이나 상점들 입장에선 유행을 계속 바꿔야 해. 그래야 계속 돈을 벌고 이익을 얻을 수 있으니까.

　여성들의 아름다움? 그것도 어디까지나 남성들이 바라는 기준이야. 잘록한 허리? 매끈한 몸매? 모든 여자가 어떻게 잘록한 허리에 매끈한 몸매를 갖겠어. 남자들의 식스팩과 우람한 근육? 그것 역시 여자들이 바라는 멋진 남자상이겠지만, 우리 주변에 그런 몸을 가진 사람이 몇 명이나 있는지 둘러봐. 이렇게 남자나 여자의 신체 기준은 스스로가 정한 것이 아니라 남들 눈을 의식해서 만들어 낸 거야.

　이런 일방적인 기준을 깨뜨린 것이 바로 유럽에서의 마른 모델 퇴치 운동이야. 1990년대 초, 프랑스 패션업계에서 체질량 지수가 18~24kg의 모델들은 다 쫓아내기로 했대. 이자벨 카로라는 모델 사진 봤지? 그 모델은 키가 160cm인데 몸무게는 고작 31kg이었어. 그러니 사진을 보면 그야말로 뼈에 가죽만 덮여 있는 모습이지. 이 여자가 자신의 누드 사진을 전광판에 내걸었어. 바로 거식증의 위험을 알리기 위해서였지. 그녀는 14년간 거식증에 시달렸대. 자, 이 정도면 정말 병적이지 않아? 결국 외모지상주의가 사람을 죽일 수도 있어. 그만큼 우리의 삶을 왜곡할 수 있는 위험한 생각이지.

 외모를 꾸미지 않으면 친구들에게 인기가 없을까 봐 겁나요.

이제 외모를 가꾸는 데 집중된 시선을 조금 다른 곳으로 돌리는 게 어때. 그 시간에 독서를 하거나, 좋아하는 취미 활동을 하며 내면을 가꾸면 네 자신이 훨씬 아름답게 돋보일 거야.

가수 션 알지? 션은 키는 크지만 비쩍 마르고 얼굴도 길쭉하게 생겼어. 솔직히 말하면 절대 꽃미남은 아니야. 그런데 션이 왜 그런 인기를 얻고 외모마저 멋있어 보이겠어. 여러 가지 이유가 있겠지만 그중 한 가지는 훌륭한 인성 덕분이라고 생각해. 열심히 사업하고 노래해서 모은 돈을 기부하고, 어린이들을 위해 마라톤을 뛰잖아. 그렇게 모금한 돈을 꾸준히 장애인 관련 단체에 내고 있어. 우리는 그러한 션의 모습을 보고 감동을 받는 거야. 션의 외모가 아니라 내면의 모습을 보고 말야.

션뿐만 아니라 나눔을 실천하는 한류 스타들이 많은데 그들도 마찬가지야. 자신의 능력으로 번 돈을 기부하고 남을 도울 때, 그들도 자기 내면의 아름다움이 완성되는 것을 알기 때문에 그런 노력을 하는 거야.

결국 사람들이 '저 사람 정말 예쁘고 멋있다.'고 말하는 기준은 단지 겉모습만을 보고 하는 말이 아니야. 그 사람이 지닌 생각, 다른 사람을 대하는 태도, 삶을 살아가는 방식과 에너지 등 여러 가지 요소들이 어우러져 겉으로 드러나는 것을 보는 거지.

인생은 결국 마라톤이야. 아직 어린 너희들이 현재의 외모를 놓고 좌절하거나 슬퍼할 필요는 없어. 먼 훗날 너희들이 내면의 인격으로 사람들을 모으고 세상에 선한 영향력을 끼칠 날이 반드시 와. 그러면 그때는 사람들의 눈에 아름답고 멋있는 사람으로 보일 거야. 그러면 비로소 너희들은 자신 있게 말할 수 있을 거야.

"나는 나 자체로 아름답고 소중하다."

## 유행과 상업주의는 한 통속

유행은 거의 대부분 상업주의나 자본의 논리가 그 안에 담겨 있다. 특히 유행은 텔레비전으로 대표되는 매스미디어의 영향을 받는다. 텔레비전에 나온 사람은 훌륭한 사람이고, 그들이 하는 행동은 모범적인 행동이고, 그들이 하는 행동이나 말은 따라할 만한 것으로 세뇌되는 것이 문제다.

개성이란 이름으로 소비적이고 감각적인 문화가 빠른 시간 안에 유포되고 확산되는데 이것이 바로 유행이다. 이런 유행을 퍼트리는 방송국의 소유주는 대개 재벌이나 거대 자본이다. 그들은 광고 확대로 이익을 추구하기 때문에 대중들에게 자극을 주어 더 많이 소비하게 하고, 유행을 통해 끊임없이 새로운 물건을 사거나 돈을 쓰게 만들고 있다.

건전한 청소년 문화가 자리 잡고 개성이 존중되려면, 청소년들이 일방적으로 유행을 좇아가기보다 자신의 주관을 가져야 하고, 상업주의만을 내세우는 언론 매체나 기업들도 자제가 되어야 한다.

### 이자벨 카로

프랑스의 패션모델이던 이자벨 카로는 일본에서 일을 마치고 프랑스로 돌아가다 갑자기 사망했다. 그때 그녀의 나이 28세였는데, 13세 때부터 모델이 되려고 다이어트를 거듭하면서 극단적인 거식증으로 고통을 받았다고 한다. 더 이상 자신과 같은 사람이 생기지 않게 하려고 캠페인도 벌였다.

마른 체형을 가진 모델들이 고급스러운 옷을 입고 화려한 조명을

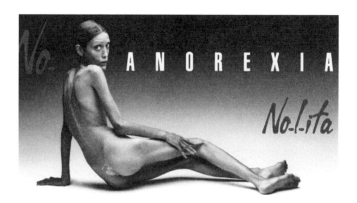

패션 브랜드 놀리타(No.l.ita)의 옥외 광고 '거식증 반대'라는 제목 아래 옷을 벗은 채 등뼈와 얼굴 뼈가 튀어나온 카로의 모습을 담은 이 광고는 신문과 광고판 등을 통해 소개됐다.

받으며 패션쇼를 하는 한, 이를 본 사람들이 '마른 것은 아름다운 것'이라는 그릇된 관념을 가질 것은 분명하다.

## 노블레스 오블리주

노블레스 오블리주(프랑스어: Noblesse oblige)란 '귀족이 된다는 건 의무를 갖는다.'라는 뜻이다. 부와 권력, 명성을 가진 사람은 그걸 얻게 해준 사회에 대해 책임을 가져야 한다는 말이다. 정치인이나 연예인이 간혹 잘못을 범하면 국민들의 분노를 사는 이유도 바로 그 때문이다. 사회 지도층은 일반인들보다 더 크고 높은 도덕적 기준에 따라 평가를 받는다.

우리나라의 경우 노블레스 오블리주의 대표적인 인물로 경주 최부

경주 교동 최씨 고택 사랑채

자를 꼽을 수 있다. 그 집안의 가훈은 다음과 같다.

1. 흉년에는 땅(남의 논, 밭)을 사지 마라.
2. 1년에 1만 석(2만 가마니) 이상의 재물을 불리지 마라.
3. 나그네를 후하게 대접하라.
4. 사방 100리 안에 굶어 죽는 사람이 없게 하라.
5. 진사(가장 낮은 벼슬) 이상의 벼슬을 하지 마라.
6. 시집온 며느리들은 3년 동안 무명옷을 입혀라.

### 천상천하 유아독존

싯달타의 어머니인 마야 부인이 아기를 낳았다. 갓 태어난 아기가 일곱 걸음을 걸어가서 하늘과 땅을 가리킨 뒤 한 말이다.

"천상천하 유아독존(天上天下唯我獨尊 하늘과 땅에 나만이 유일하게 존귀하다!)"

이것은 이 세상 모든 것은 내가 마음먹기 달렸으니, 마음을 가진 내가 주관을 가지면 두려울 게 없다는 뜻이다. 한마디로 남이 내 주인이 되어 나를 좌지우지하게 만들지 않고 스스로 마음의 평화를 얻겠다는 의미로도 해석이 가능하다.

### 2장

# 담배와 약물 중독에서 벗어나고 싶어요

너희들은 잘 모르겠지만 유명한 가수 중에 C씨라고 있어. 부모님 세대는 다 아는 가수인데 장애인이야. 목발을 짚고 다니는데, 아주 감성적인 노래를 불러 국민들의 사랑을 많이 받았어. 그의 노래를 들으면 온몸이 나른해지면서 정말 행복한 기분이 들어. 나와는 같은 장애인이다 보니 형님 동생하며 친하게 지내는 사이야.

　그런데 이 형님, 놀랍게도 대마초 흡연으로 감옥을 여러 번 갔다 왔어. 대마초를 피워서 경찰에 구속되었다는 기사가 날 때마다 나는 정말 가슴이 아팠단다.

　사적인 자리에서 이 형님을 만나면 정말 재미있고 좋은 사람이야. 같은 장애인으로서 공감대도 잘 형성되지. 그런데 한

번은 형님이 담배를 계속 피우기에 내가 여쭤 봤어.

"아니 형님, 담배는 왜 못 끊으세요? 대마초는 끊으셨다면서?"

그러자 형님이 말씀하시는 거야.

"담배가 더 끊기 어려워."

담배. 성인이면 누구든지 돈만 주면 살 수 있지. 그런 담배가 마약으로 알려진 대마초보다 끊기 어렵다는 거야. 과학적인 데이터를 봐도 담배가 대마초보다 더 습관성과 중독성이 강하다고 해. 그런데 이렇게 무서운 담배를 금지하지 않아 수많은 사람이 피해를 입고 있단다. 그래서 이번에는 우리 청소년들 역시 고민하고 있는 담배와 약물 문제를 좀 이야기해 볼까 해.

 선생님, 그런데요. 담배 피우는 모습은 일단 멋있잖아요. 그래서 애들이 많이 피우는 것 같아요.

그래. 대개 아이들은 담배를 피우면 어른이 된 것처럼 착각하지. 담배 연기가 허공에 흩어질 때 참 멋있어 보이기도 하고. 모든 시름과 고통을 하늘로 날려 버리는 것 같지. 하지만 이것은 사실 조작된 이미지야.

내가 어렸을 때, 한 잡지에서 본 장면이 아직도 기억에 선명

해. 저녁놀이 지는 붉은 사막에서 말을 타고 가던 카우보이들이 담배 한 모금을 쫙 피우는 장면이었어. 잘생긴 남자들이 기암괴석만 있는 쓸쓸한 황야를 배경으로 여유롭게 담배를 피우는 이미지야. 그걸 보면서 나는 '담배를 피우면 이렇게 멋진 사람이 되는구나!'라는 느낌을 갖게 되었지.

내가 미국에 갔을 때 꼭 가 보고 싶었던 곳이 애리조나 주에 있는 모뉴먼트 밸리야. 거대한 암석들이 사막 한가운데 불쑥불쑥 솟아오른 곳이지. 어렸을 때부터 꼭 가고 싶었던 곳이라 50년 만에 숙원을 풀어서 너무나 기뻤어.

그런데 돌아오는 차 안에서 이런 생각이 들었지. 나는 왜 하필 이곳에 이토록 오고 싶었을까? 그건 모뉴먼트 밸리의 아름다움을 보고 싶어서이기도 했지만, 어렸을 때 잡지에서 보았던 그 한 장면 때문이었어. 그때 머릿속에 아름다운 풍경과 함께 담배가 각인이 된 거지. 물론 나는 담배를 피우진 않지만 담배가 가진 이미지와 모뉴먼트 밸리의 이미지가 합해져 꼭 가 보고 싶은 멋진 곳으로 세뇌가 되었던 건 사실이야.

이처럼 청소년들에게 자칫 폐해가 될 수 있음을 알기에 우리나라는 요즘 담배 광고를 하지 않아. 담배를 피우는 것이 멋있다는 이미지는 어디까지나 담배 회사의 전략일 뿐이거든. 지금도 그런 광고를 규제하지 않는 제3세계 국가에서는 여전히 담배 광고가 거리는 물론 신문, 잡지, 방송 등에서 무차별로 나오고 있어. 그 때문에 청소년 흡연이 일찍부터 시작되는 거야. 사실 우리는 담배를 피우는 것이 아니라 조작된 이미지를 피우는 거란다.

 요즘은 여학생들도 담배를 많이 피우던데요.

여자들이 담배 피우는 걸 나도 많이 보았어. 내가 대학 다닐 때도 흡연하는 여대생들이 제법 있었지. 그때는 길거리나 사람들이 많은 장소에서 공공연히 피우지 못했는데, 요즘은 사람들 눈을 크게 의식하지 않더군. 단, 요즘은 길거리에서 담배 피우는 것을 법으로 규제하면서 흡연자들이 정해진 흡연실을 이용하더라고.

여학생들이 담배를 피우는 데에는 담배가 남성의 전유물이라는 생각을 깨고 싶은 의식도 있는 거 같아. 게다가 금지된 것이 주는 스릴과 흥분도 작용하는 거 같아. 여학생뿐만 아니라 남학생을 포함한 청소년들은 '금지'된 것에 대한 호기심이 클 거야. 몰래 숨어서 피우는 재미. 이걸 피우면 어른이 된 것 같고. 나를 규제하는 제도로부터 벗어난 것 같잖아. 여학생들은 담배를 피움으로써 남학생과 동등하다, 왠지 큰 것 같다는 생각이 들기 때문이지. 하지만 담배 연기가 허공에 흩어질 때 너희들의 건강도 같이 흩어지고, 동시에 젊음도 사라진다는 걸 잊지 않았으면 좋겠어.

재미있는 이야기 하나 해 줄까? 시각장애인들은 담배를 안 피워. 뿜어내는 담배 연기를 보지 못하니까 안 피우게 되는 거래.

 담배는 정말 끊기가 힘든 것 같아요. 남용하지 않고 조금만 하는 건 괜찮지 않나요?

담배나 술, 마약. 이것들의 공통점은 바로 끊기 힘들다는 거야. 즉, 쉽게 중독된다는 뜻이지. 담배나 술은 기호품이기 때문에 누구 보고 피워라 마라, 마셔라 마라 할 수는 없어. 개인이 결정할 문제니까. 물론 미성년자는 하지 못하도록 법으로 규제하고 있지.

법적인 문제를 넘어서 그것들이 기호품이라고 해도 너희들이 자유롭게 선택하도록 내버려 둘 수는 없어. 담배나 술, 마약은 처음 시작하기는 쉽지만 나중에 끊기는 정말 어렵기 때문이야. 담배를 피우거나 술을 마시는 걸 멋있다고 생각하는데 절대 그렇지 않아. 특히 청소년들은 그러한 멋에 쏠리는 경향이 있는데, 이것들을 끊기가 얼마나 힘든지 생각해 봐. 미국에선 아예 뭐라고 경고하는 줄 알아?

'Even Don't Start.(시작조차 하지 마라.)'

이처럼 일단 시작하면 끊기 어려운 담배를 피울 시간에 차라리 운동을 해서 체력을 기르도록 해 봐. 어른도 이길 수 있는 강인한 체력, 거기에 어른도 고개를 끄덕일 만큼 올바른 정신을 가지려고 노력하는 것. 그것이 진짜 어른이 되는 길이 아닐까?

술이든 담배든 조금만 하는 건 괜찮지 않냐고? 그런데 이런 걸 조금만 하는 게 과연 될까? 의지로 조절이 가능할까? 의지를 가지고 한 잔만 마실 정도의 사람이라면 그 사람은 다른 일로도 성공할 사람이야. 술을 한 잔 두 잔 마시다 보면 중독이 되고, 담배도 한 대 두 대 피우다 보면 점점 내성이 생기게 되거든. 물론 약물 복용이나 음주, 흡연은 정신적인 압박에서 벗어나고 싶어서 하는 것들이기도 해. 특히 청소년들은 스트레스가 많잖아. 뭔가에 의지하거나 구실을 만들고 싶겠지.

 정말 스트레스가 많아요. 뭔가 위안이 되는 게 있었으면 좋겠어요. 학교에 가도 공부, 집에서도 공부, 오로지 공부만 하라고 그러니까요.

나도 이해해. 청소년기는 고민과 갈등이 많은 시기지. 그런 고민과 갈등에서 어떻게든 놓여나거나 피하고 싶다 보니 술과 담배를 하게 되는 거야. 하지만 과연 그런 것들이 일시적인 안정은 되겠지만 오래 갈까? 그렇지 않다는 걸 너희도 잘 알잖

아. 시험 성적이 나쁠까 봐 겁난다고 술 담배로 잊어 보려 해도 결국 시험은 봐야 하지. 살다 보면 아무리 피하려 애를 써도 피할 수 없는 일들이 있어. 인생의 어려움은 피한다고 해결되지 않아.

그렇다면 어떻게 해야 될까? 정면으로 부딪혀 피하지 말고 이겨 내야 해. 청소년기에 감정의 변화가 심한 건 나도 알아. 독립적인 어른이 되는 과정에서 많은 갈등과 외로움, 혹은 혼란이 있지. 그런데 그걸 다 이겨 내야 비로소 어른이 되는 거거든. 다시 말해 이런 건 성장의 과정이니까 누구나 겪는 당연한 통과의례야.

그러한 정서적인 불안과 호기심 등을 이기지 못해서 손쉽게 약물을 남용하거나 술과 담배에 빠지는데 개인에게만 피해가 한정되면 그나마 다행이지. 나중에 자신도 모르게 깊이 중독되어서 환각에 빠지는 경우에는 남에게 피해를 줄 수도 있어. 잘못하여 범죄에 연루되기도 하고, 심지어는 강도나 강간 같은 극단적인 행위로도 이어져. 그렇기 때문에 스스로를 존중하는 사람이라면 강력한 의지를 갖고 그런 것들의 유혹에서 벗어날 수 있어야 해.

어떤 아이들은 가스 흡입도 해요. 가스 중독은 정말 벗어나기 힘든가 봐요.

아주 위험하게도 휴대용 부탄가스 등을 흡입하는 아이들이 있어. 내가 아는 어떤 사람은 지금 30대인데, 병원을 자주 가는 거야. 어디가 아프냐고 물었더니 10대 때 본드와 가스 흡입을 자주 해서 뇌세포가 많이 죽어 그렇대. 놀라운 이야기였어. 그 친구는 치아 임플란트도 10개 넘게 했대. 30대의 나이에 이미 온몸이 망가지고 있는 거지. 실제로 부탄가스 같은 경우 반복적으로 흡입하면 폐가 망가지고 기관지가 손상돼. 청소년들은 이런 끔찍함을 모르기 때문에 중독을 가볍게 여기는 것 같아.

그런데 이 세상에 공짜는 없단다. 이런 것에 손을 대면 반드시 대가를 지불해야 해. 나는 그 사실이 너무나 안타까워. 이걸 너희들이 미리 알 수 있다면 절대 어리석은 짓은 하지 않을 텐데. 얼마나 나쁜지 경험을 한 다음에 그만두려 하면 이미 늦어. 그때 가서 시간을 되돌릴 수 있다면 좋겠지만 안타깝게도 그럴 수는 없어.

어디 그뿐일까? 인간은 숨을 들이쉬고 내쉬면서 공기를 마셔야 생명을 유지할 수 있잖아. 그런데 공기를 마시는 기관이 망가지면 나머지 부분의 몸은 어떻게 되겠니? 같이 망가지겠지. 온몸에 산소가 제대로 공급되지 않으니 여러 질병에 노출되는 거지. 그러다 보면 정신적으로도 손상이 와. 뉴스를 보면 환각 상태에서 사고를 저지르는 경우가 종종 나오잖아. 이런 사람들에게 꼭 얘기해 주고 싶어. "우주는 내가 태어날 때 시작돼서 내가 죽을 때 끝나. 나 자신은 우주만큼 중요한 존재야. 나를 아껴야 해. 소중히 여겨야 해."라고.

일급 장애인인 나도 나를 이렇게 아끼며 살고 있잖니! 나는 술과 담배는 물론 커피도 잘 마시지 않아. 콜라, 사이다? 그런 건 안 먹은 지 오래되었어. 가장 건강하고 정상적인 상태로 내 몸을 유지하려고 애쓰고 있어. 나는 이미 소아마비를 앓아 몸의 반쪽을 못 쓰고 있는데 술과 담배로 건강한 나머지 반쪽까지 망칠 수는 없잖아. 그래서 나는 화가 나거나 스트레스를 받을 때는 나 자신을 객관화시키려고 노력해.

    객관화? 객관화가 뭐예요?

음, 나 자신으로부터 빠져나와서 내게 무슨 문제가 있나 냉철하게 생각해 보는 거야. '이때 이런 행동을 하면 어떤 일이 벌어질까?'에 대해 고민하기도 하지. 지금 만약 담배를 피우거나 술을 마시거나 본드나 부탄가스를 흡입한다면 10년, 20년 뒤에 내 모습은 어떨까를 생각해 봐. 내가 망가져 가는 모습을 상상해 보는 거지. 그런 자신을 상상으로 바라보는 것이 깨달음을 주지. 객관화하는 훈련을 하면 좋은 점이 아주 많아. 화나는 일도 참을 수 있게 되고, 한순간 치솟는 욕망도 버릴 수 있어. 내가 많이 쓰는 방법인데, 너희들도 해 봐. 분명 효과가 있을 거야.

그러면 '객관화'가 유체이탈과 비슷하냐고? 하하. 맞아, 비슷해. 어느 영화에선가 사람의 영혼이 빠져나와서 자신을 구경하는 장면을 본 적 있지? 만약 우리가 그럴 수 있다면 자기 자신이 마치 남처럼 보일 거야. 남을 볼 때 우리는 어떻니? 그 사람 스스로가 못 보는 부분이 우리 눈에는 다 보이잖아. 그런 식으로 나 자신으로부터 빠져나와서 나를 보면 남의 시선이 되어 객관적으로 보고 판단할 수 있게 돼. 그러고도 정 벗어나기 어렵다면 상담 기관의 도움을 받는 것도 좋아.

 상담 기관이라고요? 왠지 겁나고 다른 사람들이 이상한 아이라며 손가락질할 것 같아요.

상담 기관에 가는 걸 두려워하지 마. 상담사들은 어려움에 처한 사람들을 돕고 이끌어 주며 보람을 느끼기 때문에 얼마든지 손을 내밀어 줄 거야. 상담이 꼭 필요한 사람들이 상담 제도를 거리낌 없이 이용해야 이런 기관이 활성화 되겠지. 그래야 너희들의 또 다른 친구나 후배가 이용할 수 있을 테고. 결과적으로 이런 제도의 활성화에도 도움을 주는 셈이야.

그리고 상담한 내용은 절대 비밀을 보장하니까 염려 마. 거기선 무슨 이야기를 해도 괜찮단다. 그러니 부끄러워할 필요가 없어. 심각한 문제를 혼자 싸안고 끙끙댄다고 해결되진 않 거든. 〈임금님 귀는 당나귀 귀〉라는 우화를 알지? 임금님 귀가 당나귀 귀라는 사실을 알게 된 이발사에게 임금님이 절대로 비밀을 발설하지 말라고 하잖아. 그런데 어떻게 됐니? 이발사 는 대나무밭에 가서 땅을 파고 "임금님 귀는 당나귀 귀"라고 소리쳤잖아. 그러니까 후련해졌대.

너희들도 마찬가지야. 일단 술이나 담배, 약물 중독이 걱정 된다 싶으면 누군가에게 털어놓고 이야기해야 돼. 상담 기관은 바로 그런 역할을 하기 위해 기다리고 있는 곳이란다. 혼자 끙 끙대지 말고 전문가들의 도움을 받길 바랄게. 참, 상담사들은 기관에 소속된 사람들이라 비밀을 보장하니까 염려하지 마.

 하지만 친구들이 자꾸 권하면 어떡하죠? 함께 담배를 안 피우거나 술을 안 마시면 깔봐요.

친구들과 친해지고 싶은 마음, 나도 알아. 이 친구들을 섭섭 하게 하면 외톨이가 되지 않을까, 이 친구들이 없으면 학교를 어떻게 다닐까 싶겠지. 하지만 오히려 너희들이 그런 친구들을 바른길로 이끌 수도 있다고 생각해 봐. 너희들이 중심을 잡고 친구의 유혹을 단호하게 거절해 봐. 그리고 아이들에게 이것이 잘못됐다고 말해 줄 수 있어야 해. 필요하다면 주위 어른들에게 도움을 청할 수도 있겠지. 혼자 해결하지 못하는 문제는 어른들에게 이야기해 봐. 절대 야단치거나 탓하지 않고, 적극적으로 도와줄 거야. 오히려 용기를 내어 솔직히 말해 줘서 고맙다고 할 거야.

헬렌 켈러를 도와준 설리번 선생은 고아에다 앞을 못 보는 시각장애인이었어. 심지어 죽을병에도 걸렸지. 그런 설리번 선생이 고아원을 방문한 상원의원에게 큰 소리로 외쳤어. "상원의원님, 저 학교에 가고 싶어요." 그 말을 들은 상원의원이 설리번을 맹아학교에 입학시켜 주었어. 만일 그때 설리번이 용감하게 도움을 청하지 않았다면 훗날 우리가 기억하는 위대한 스승은 결코 되지 못했을 거야. 도움이 필요할 때 도움을 청하는 용기가 얼마나 중요한지 알겠지? 다른 사람에게 도와 달라고 말하는 걸 두려워하지 마. 나중에 너희들도 누군가를 돕는 것으로 갚으면 된단다.

친구들을 중독의 위험에서 끄집어내기 위해 한 발 나서는 것. 그것만으로도 너희는 이 세상을 좋게 좀 더 바꾸는 데 기여한 거야. 유혹에서 벗어날 용기조차 내지 못하면서 스스로의 삶을 이끌 순 없어. 남을 돕는 건 더더욱 어렵지.

술과 담배의 유혹을 물리치고 싶어요. 하지만 그러기엔 삶이 너무 힘든 것 같아요.

맞아. 나는 이 나이가 됐지만 아직도 매일매일 생겨나는 문제와 싸우고 있단다. 그런데 그러한 문제를 회피하고 술과 담배 뒤에 숨어 버리면 우리 가정은 어떻게 되었을까? 또 주위 사람들은 나를 어떻게 생각할까? 난 어려서부터 그걸 이겨 내는 훈련을 해 왔기 때문에 여기까지 올 수 있었고 다들 나를 믿는 거야.

너희도 잘 알겠지만 나는 뜻하지 않은 장애 때문에 보통 사람들과 달리 수많은 문제와 어려움을 겪어 왔단다. 하지만 힘들다고 피하거나 쓰러져서 울지 않았어. 오히려 '올 테면 와 봐.' 하며 가슴을 내밀고 맞섰지. 덕분에 지금의 내가 있는 거야. 어디서든 당당하고 유쾌하고 에너지 넘치는 나!

"고 선생님, 잘 해내실 겁니다. 역시 고 선생님이세요."

이런 말을 들을 때의 만족감. 그건 돈으로 절대 살 수 없는 것이란다.

너희들은 지금부터 그런 훈련을 하는 거야. 손쉽게 가까이할 수 있는 고민 회피 도구들로부터 자신을 지키고 정면승부하는 거야. 독하게 마음먹고 술, 담배와 같은 어둠의 세력과 담을 쌓아야지. 그것들은 죽는 날까지 너희들에게 유혹의 손길을 뻗을 거야. 지금부터 단호하게 자르는 훈련을 하지 않으면 어른이 돼서는 더 힘들단다.

"난, 내 자신을 망치지 않겠어!"

이렇게 스스로에게 말하며 용기를 내어 봐.

 술과 담배는 정말 나쁜 건가요? 후유증이 얼마나 심한데요?

술과 담배의 후유증은 말도 못해. 정신적으로나 육체적으로나 심각한 합병증을 일으키지. 우선 호흡기 질환에 시달릴 수 있어. 한번 축농증에 걸리면 얼마나 골치를 썩는지는 걸려 본 사람만 알 거야. 기관지나 폐가 손상되는 건 말할 것도 없어. 담배를 많이 피워서 폐가 시커멓게 굳은 사진, 너희도 봤지? 폐가 그런 상태가 되면 숨을 제대로 쉴 수 없어 아주 고통스럽지.

상상하기 싫지만, 마약을 과다 투여하는 경우에는 혈관이 상하고 세균 감염 위험도 높아져. 우리 몸을 지켜 주는 면역력이 약해져서 에이즈 같은 병에도 걸리기 쉽단다.

하지만 그보다 심각한 건 정신적 피해야. 공황장애는 기본이고, 불안증이나 우울증 발작을 일으키지. 가끔 옷을 벗고 길바닥에 누워 있는 마약 중독자들이 있잖니. 이 사람들이 젊을 때부터 마약에 손대지 않았다면 지금쯤은 건실한 사회인으로 살았을지도 모르는데. 그 사람도 그걸 원하진 않았을 거야. 그러니 중요한 것은 유혹을 이겨 내겠다는 의지를 가지는 거야.

이겨 내겠다고 의지를 가지긴 해요. 그런데 의지가 자꾸 꺾이는 일이 생기는데 어떡하죠?

그래서 선생님이나 전문 기관에 상담을 할 수도 있고, 정 상담이 어려우면 주위 사람들과 이 문제에 대해 이야기하는 거야. 담배에 대해서 친구들과 진지하게 이야기해 보는 것은 아주 좋은 방법이야. 무엇이 문제인지 이야기를 하다 보면 금연이, 금주가 너희 안에서 확고한 신념으로 자리 잡지. 술, 환각제, 약물 등을 많이 한다는 사실을 대개 쉬쉬하고 숨기잖아. 그런데 절대 그럴 필요가 없어. 그걸 드러내고 이야기함으로써 너 자신을 객관적으로 볼 수 있는 거야. 앞에서도 이야기했지? '객관화!'

장애인들 가운데에도 자신의 장애에 대해 이야기를 꺼내면 펄쩍 뛰는 사람이 있어. 그런 사람들은 아직 그 안에서 빠져나오지 못한 거야. 하지만 나 같은 경우는 자신의 장애를 스스로 희화화하기도 해. 내가 지닌 장애는 장애에 불과할 뿐이고 나만의 개성이기도 하잖아. 이걸 숨기고 고민거리로 생각하면 그다음 단계로 한 걸음도 나아갈 수 없단다.

너희들도 마찬가지야. 담배나 술 때문에 고민이라면 어떻게 하면 좋을까? 술과 담배가 왜 안 좋은지, 끊기 위해 무엇을 해야 할지에 대해 친구들과 대화를 나눠 보는 게 좋아. 대화와 소통은 문제 해결에 큰 도움이 돼. 누군가와 같이 대화를 함으로써 좋은 친구를 새로 사귈 수도 있지. 그 친구와 운동도 하고, 같이 취미 생활을 하면서 좀 더 건강하게 스트레스를 푸는 거야. 그러면 이런 일시적인 유혹에서 벗어날 수 있고, 그것들에 다시 손댈 염려도 줄어들지.

무엇보다도 중요한 건 너 자신의 의지야. 너는 이 세상에서 가장 소중한 존재야. 너는 스스로를 망치지 않을 의지와 용기가 있어. 그리고 보다 나은 곳으로 나아가고 싶어 하는 본능이 있어. 그게 없는 사람은 아무도 없단다. 약물 따위, 술과 담배 따위에 너를 허락하지 마. 그것들이 너의 주인이 될 수는 없어.

네 삶의 주인은 너야. 너는 가장 멋진 삶을 너에게 선물할 결정권이 있단다.

## 청소년 상담이란?

우리 사회의 미래는 어린이와 청소년에게 달렸다고 해도 과언이 아니다. 지금 아무리 잘 살고 행복해도 미래의 주역인 어린이와 청소년에게 문제가 있다면 결국 그것이 미래 우리 사회의 문제가 될 것이기 때문이다. 그렇기에 어린이와 청소년에 대한 교육 및 올바른 성인으로 성장하기 위한 여러 사회 시스템이 필요하다.

흔히 청소년들이 문제가 생기면 자기 잘못으로 알고 전문적인 상담 받기를 꺼리는데 그럴 필요는 없다. 청소년에게 문제가 생긴 것은 사실 이 사회의 문제이기에 그 문제를 해결해 달라고 당당히 요구할 권리가 있기 때문이다. 우리 사회의 주역인 아동과 청소년들이 밝고 건강하게 자랄 수 있도록 도와줄 의무를 다하는 곳이 바로 전문 상담 기관이므로 적극 이용하도록 한다.

| 관련기관 | 전화번호 | 상담내용 |
|---|---|---|
| 헬프콜 청소년전화 | 1388 | 청소년의 일상적인 상담, 가출, 학업 중단, 인터넷 중독 등 다양한 상담 제공 |
| 서울시청소년상담 복지센터 | 02) 2285-1318 | 자녀들의 학교생활, 가정생활, 특수교육 등에 관한 상담 |
| 청예단 학교폭력 SOS지원단 | 1588-9128 | 학교폭력 등 사이버상담 |
| 탁틴내일 | 02) 3141-6191 | 성고민 및 성폭행 상담실, 음란물 및 인터넷 중독 |
| 학교폭력근절 | 117 | 학교폭력피해자 긴급지원센터 |

## 버논 하워드

현대의 명상가인 버논 하워드는 이렇게
말했다.

버논 하워드

"당신은 분노와 자신을 동일시하지 않
고 분노를 관찰함으로써 그렇게 할 수 있
습니다. 단지 분노가 왔다 가는 것을 지켜
보십시오. 어떤 부끄러움이나 말도 없이
그저 지켜보는 것입니다. 이것은 전 세계를
통틀어서 당신과 다른 사람들이 스스로를
분노에서 해방시킬 수 있는 유일한 방법입니다."

## 자신의 감정을 컨트롤한 처용

신라 49대 헌강왕은 용왕의 아들인 처용을 바닷가에서 만나 서라
벌로 데리고 온다. 그의 이름은 처용. 왕은 미인을 아내로 삼게 해서
처용의 마음을 잡으려고 했고 벼슬까지 주었다. 그런데 어느 날, 처용
이 밤늦게 놀다 집에 들어
가 보니 처용의 아내를 흠모
한 역신이 사람 모습을 하
고 몰래 동침을 하고 있었
다. 화를 내며 들어가 다 때
려죽일 수도 있는 큰 사건이
지만 처용은 노래하고 춤추

처용무

면서 스스로 물러났다. 사태를 객관화해서 봄으로써 분노와 화를 누른 것이다. 이에 역신이 사죄하면서 앞으로 처용의 얼굴 모습만 보여도 다시는 침범하지 않겠다고 맹세했다.

### 금지된 장난

기타 연주로 유명한 〈로망스〉가 배경음악으로 깔리는 영화. 이차대전 당시 남프랑스의 농촌 마을에 공습으로 부모를 잃고 죽은 강아지를 안고 헤매던 소녀 폴레트가 나타난다. 농가의 아들인 미셸은 그 강아지를 묻어 준 뒤 십자가를 꽂아 준다. 살아 있는 것이 죽으면 이렇게 묻어 주는 것임을 알게 된 폴레트는 새나벌레가 죽어도 십자가를 꽂아 준다. 급기야 교회 제단에 놓인 십자가와

영화 〈금지된 장난〉(1952) 포스터

미셸 형의 묘지에서도 십자가를 뽑아 오기에 이른다. 한번 시작한 장난은 점점 커지고 결국 파탄을 맞이한다는 내용을 담고 있다.

### 메르스가 두려운 이유

2015년 봄에 우리나라를 강타했던 메르스는 바이러스의 일종이다. 잠복기가 1주일 가량이며 고열, 기침, 호흡 곤란 등을 일으키며 악

화되면 심각한 폐렴으로 진행된다.

메르스는 현재 치료약이 개발되지 않았다. 전염성도 폐렴보다 높으며 완치율도 폐렴보다 낮은데다 치사율은 높다. 치료제도 개발되지 않았다. 폐가 메르스로 인해 녹아 버리면서 사망에 이르는 것을 보면 폐를 건강하게 지키는 것이 신체 전체의 건강과 직결됨을 알 수 있다.

## 모뉴먼트 밸리

나는 2010년에 아들과 함께 꿈에도 그리던 모뉴먼트 밸리에 여행을 갔다. 광활한 평원에 우뚝 솟은 기암괴석은 그야말로 장쾌해서 남성미의 상징이었다.

모뉴먼트 밸리

### 3장

# 공부와 진로가 가장 고민이에요

＊

"선생님, 저는 나영이라고 해요. 큰 고민이 있어서 이렇게 이메일을 보냅니다."

어느 날 나는 중학교 3학년 학생이 보낸 메일을 받았어. 나영이는 그때 인문계로 갈 건가 특성화고로 갈 건가를 결정해야 할 순간이라는 거야. 그러면서 자기 꿈은 소설가래. 소설가가 되기 위해 국어국문학과에 진학해서 관련 수업을 들을 생각도 해 보고 있다고 했어. 문제는 성적이 인문계 고등학교에 진학할 만큼 좋지가 않다는 거야. 또한 인문계에 가서 수학과 영어를 공부할 생각을 하니 너무 두렵고 끔찍하다고도 했어.

공부를 잘 못하는 학생들에겐 영어나 수학 공부가 큰 고역이겠지. 그러면서 자기가 나름대로 생각해 본 아이디어라며 다른 방법을 이야기했어. 그게 뭐냐 하면 특성화고, 즉 실업계 고등학교로 가서 좀 더 편한 방법으로 공부하면서 성적을 올린 다음에 문과대학으로 진학해서 작가가 되겠다는 거야. 거기에 내가 뭐라고 답장을 썼는지 알아?

"어려운 고민이네요. 우리들이 한 번쯤은 다 해봤을 법한 고민이에요."라고 대답했을까? 아니야. 나는 이렇게 대답했어.

"비겁한 나영 양에게. 작가가 되겠다는 꿈은 가상하나 그 꿈을 향해 나아가는 방법은 틀렸습니다. 이 세상의 모든 일은 대가를 지불해야 합니다. 원하는 것을 얻기 위해서는 내가 가진 소중한 것을 내놓아야 하는 법이죠. 나영 양이 작가라는 고귀한 꿈을 향해서 가고 싶다고 하는데, 그 꿈을 향해 가는 태도는 비겁하기 짝이 없습니다. 작가라는 직업은 하루 종일 책을 읽고 글을 쓰며, 때론 고민을 하며 머리를 쥐어뜯어야 하는 일입니다. 중고등학교 때 하는 공부와는 비교가 되지 않게 많은 공부를 평생 해야 합니다. 그런데 공부하는 게 싫고, 영어와 수학을 고작 3년간 공부하는 게 두렵다는 학생이 어떻게 작가가 되겠습니까? 정말 작가를 원한다면 지금부터라도 스스로의 공부와 학습 태도를 바꾸고 목표를 뚜렷하게 정해서 반드시 인문계를 거쳐 문예창작과나 국어국문과를 비롯한 관련 학과를 가는 편이 좋습니다."

그러자 바로 답장이 왔어. 자기가 비겁했다는 것을 깨달았다고. 지금부터라도 마음 고쳐먹고 독하게 공부해서 인문계에 가겠다고. 그리고 꼭 대학에 합격한 뒤에 다시 메일을 보내겠다고 말야.

 저도 공부를 잘하고 싶어요. 하지만 공부하는 건 정말 힘들고 어려워요.

그래. 공부가 쉽다고 얘기한 사람은 이 세상에 아무도 없어. 공부가 제일 쉬웠다고 쓴 책 제목도 있었지만 그건 단지 자극적으로 주목을 끌려고 붙인 책 제목일 뿐이야. 한창 놀고 싶은 너희들에겐 교실에 앉아 입시 공부를 하는 게 정말 어렵다는 것도 알아. 나 역시 그렇게 힘들고 어려운 과정을 겪었으니까. 하지만 가만히 생각해 봐. 이 세상에서 사람들이 대개 좋다고 하는 일들은 다 공부를 잘해야만 할 수 있는 것들이야. 의사, 판검사, 변호사같이 '사'자 들어가는 직업들 어때? 엄청 열심히 공부해야 하지. 대기업이나 좋은 회사에 취직하는 건 어떨까? 취업준비생인 형, 누나나 언니, 오빠들을 봐봐. 죽기 살기로 공부하는데도 번번이 떨어지잖아. 이렇듯 좋은 직업은 대개 공부와 시험을 통해서 사람을 뽑는단 말이야. 그러니 온 사회가 공부, 공부 할 수밖에 없지.

물론 과거에는 요즘처럼 많은 사람이 굳이 공부만 할 필요가 없었어. 그게 언제인지 아니? 중세 봉건 시대야. 우리나라의 경우에는 양반들만 공부를 할 수 있었잖아. 상민들은 공부할 기회조차 없으니, 글 한 자 읽을 수 없었지. 그러니까 평생 농사를 짓거나 양반들 밑에서 일만 하다가 끝나. 이 세상에 사람으로 온다는 것이 얼마나 어려운 일인데, 그 기회를 남에게 온통 착취당하며 고생하다 삶을 끝내는 거야.

잘 생각해 봐. 공부를 안 해도 된다면 그 시절로 돌아가도 좋겠니? 공부를 안 하는 대신 남에게 착취당하며 살아야 하는데? 그건 싫지? 다행히 현대 사회는 자신이 노력한 만큼 성과를 얻을 수 있는 사회야. 그렇기 때문에 지금 우리는 옛날 사람들보다 훨씬 더 많은 기회를 가진 셈이지. 공부해서 시험을 보고 당당하게 실력을 인정받을 수 있다는 것, 옛날 사람들은 상상도 못했던 일들이야.

 하지만 요즘에도 공부와 상관없는 직업이 많잖아요. 헤어 디자이너라든가 기술직, 장사를 하고 싶다면 공부는 좀 못해도 될 것 같은데요?

하하, 그런 질문을 하는 아이들이 가끔 있어. 근데 봐봐. 기술직은 아무나 하는 줄 아니? 어떤 한 분야에서 기술자가 되고 싶다면 자격증을 따야 해. 자격증을 따려고 치는 시험은 아주 어려워. 수십 번씩 떨어지는 사람이 한둘이 아니야. 일단 기능에서 떨어지기도 하지만, 공부를 열심히 하지 않으면 필기시험에서도 떨어져. 평소에 공부를 잘 안 하던 사람은 머리가 굳어서 잘 외우질 못하니까 문제를 풀지 못하는 거야.

그리고 헤어 디자이너? 헤어 디자이너도 자격증 시험을 봐야 돼. 헤어 디자이너뿐만 아니라 너희들이 쉽게 여길지도 모르는 여러 가지 직업들 또한 모두 자격증과 면허증이 있어야 해. 장사를 하려고 해도 그래. 장사를 잘하는 방법을 공부해야 하고, 음식점이라면 끊임없이 새로운 메뉴를 개발해야 하지. 이것도 학교에서 하는 공부와는 다르지만 일종의 공부라고 할수 있어.

어때? 공부하지 않고 얻을 수 있는 훌륭한 직업은 아무것도 없어. 심지어 사람들이 '노가다'라고 하는 건설 현장에서도 공부를 좀 더 한 사람이 일을 잘해. 기사가 지시한 내용을 바로 이해하고 설계 도면을 볼 줄 알기 때문이야. 그런 사람이 노동자들 가운데서도 우두머리가 되겠지. 그런 것조차 잘 해내지 못하면 그저 남이 시키는 것이나 하는 삶을 살 수밖에 없어. 공부는 힘들고 어렵지만 그건 결코 너를 괴롭히는 일이 아니야. 그건 너에게 좀 더 많은 기회를 주는 길이기도 해. 그러니 공부는 자신에게 주는 최고의 선물이라고 생각을 바꿔보면 어때?

재래시장에 가면 가끔 땅바닥을 기어 다니면서 물건을 파는 장애인들이 보여. 그 사람들은 찬송가나 슬픈 음악을 틀어 놓고 동점심을 자아내는 모습으로 물건을 팔고 있어. 그들을 볼 때마다 나는 '저 사람과 나의 차이점은 무엇일까?'라고 생각해. 다른 점이라곤 별로 없어. 장애인이라는 점에선 똑같으니까. 다만 차이가 있다면 나는 열심히 공부해서 주어진 기회를 잡았다는 거야. 많은 책을 읽어서 지식을 쌓았고, 놀고 게으름을 피우는 대신 나 자신을 끊임없이 채찍질했기에 여기까지 올 수 있었던 거야.

자, 이제 결론을 내려 보자. 공부는 뭘까? 너를 고문하거나 괴롭히는 것이 아니라 너를 멋지게 만드는 기회야. 그리고 너를 훌륭한 사람으로 키워 줄 유일한 사다리라고 생각해 봐. 스스로 열심히 하게 되겠지? 자기 자신을 망치거나 아무렇게나 내버려 두고 싶은 사람은 누구도 없을 테니까.

 적성에 안 맞는 걸 무조건 열심히 하라고요?

그래. 적성, 참 중요해. 이과 적성인 아이가 문과로 가는 경우가 있고 문과 적성인 아이가 이과로 가기도 하지. 그런데 문과와 이과, 이렇게 나누는 게 참 우스운 거야. 외국에서는 이렇게 나누는 경우가 없어. 우리나라만 이렇게 문과 적성, 이과 적성

운운하는데, 스티브 잡스를 봐. 잡스는 스마트폰을 만드는 사람이지만 그의 생각은 문과 방식이야. 기계는 오로지 이과에서만 만드는 줄 알고 있을 거야. 하지만 컴퓨터를 손바닥에 놓고 다니겠다, 그 하나 안에 모든 것을 모아들이겠다는 엉뚱한 발상은 문과적 생각이지. 이과는 오로지 수치와 실험과 설계를 할 뿐이니까. 자, 만일 스티브 잡스가 이과적 사고만 했다면 우리 인류의 삶을 바꿀 수 있었을까? 아마 불가능했을 거야. 이처럼 문과와 이과는 서로 섞여서 연관성이 있고, 동전의 양면처럼 떼려야 뗄 수 없는 영역이야. 적성에 맞다, 안 맞다는 건 시험 성적에 좌우되는 구분일 뿐이지 사회에 나가면 이런 구분이 의미가 없어.

진로를 정하기 위해 적성이 중요하다지만 적성을 알기 위해 하는 검사를 너무 맹신하지는 마. 검사는 검사일 뿐이야. 개인마다 능력에 차이가 있고 그 차이를 통해서 나중에 개인이 어떤 성과를 달성할 것인가 예언할 수 있다는 전제에서 나온 검사일 뿐이야. 그 이야기는 다시 말해 능력이 변화하면 적성이 바뀐다는 뜻이기도 해. 한마디로 우리의 경험과 의지에 따라 적성을 속일 수도 있다는 거지.

 적성을 속이다니 무슨 말이고 어떻게 가능해요?

응. 나는 '적성을 속이는 것'이 가능하다고 생각해. 그 본보기가 바로 나거든. 나는 굳이 따지자면 이과 적성이었어. 고등학교 때 이과로 진학해서 의대에 가려고 열심히 준비했지. 그런데 나중에 알고 보니 이과 학과의 대부분은 나 같은 장애인에겐 입시조차 허락하지 않았어. 장애인은 이과 계통의 학문을 수학할 여건이 부족하다는 이유로 말이야. 의대는 물론이고 공대나 자연계 대학 등이 모두 장애인 입학 거부였어. 그 사실을 안 나는 어땠을까? 그야말로 멘붕이었지. 모든 길이 차단된 기분, 그런 거 알아? 할 수 없이 '신은 한쪽 문을 닫으면 창문을 열어 주신다'는 말을 믿어 보기로 했어. 고민 끝에 문과 계열인 국문학과로 진학하기로 했지.

입학한 뒤 그 분위기에 적응하는 데 1, 2년이 걸렸어. 나와 뭔가 안 맞는다는 생각이 들 때도 있었지만 스스로 선택한 길이니 견뎌 내고 싶었어. 그렇게 참고 노력하며 주변에서 문학도를 꿈꾸는 아이들을 따라 글을 쓰기 시작했어. 그런 시간들이 쌓이고 쌓여 나는 작가가 되었어. 누구보다도 문과적인 속성을 가지게 된 거야. 그렇다고 해서 내가 가진 이과적인 속성이 사라진 건 아니야. 문과와 이과 성향이 내 안에 공존하고 있어. 그래서 훨씬 세상을 폭넓게 볼 수 있게 되었다고 생각해.

마찬가지로 소질과 적성, 흥미라는 것도 사실은 크게 보면 별반 다르지 않아. 세상에 재미없는 학문이란 없고, 세상에 소질에 맞지 않는 직업이란 없어. 누구든 그 분야를 사랑하고 즐긴다면 소질과 적성도 점점 바뀌는 거니까.

 하지만 부모님들이 어떤 직업을 강요하기도 해요. 부모님들이 원하거나 좋아하는 직업으로요.

맞아. 그런 부모님이 꼭 계시지. 기성세대들이 청소년들을 고민하게 하는 원인 제공자인 경우가 많아. 이런 부모들은 청소년들이 자기 삶의 주인이 되지 못하게 간섭하고 조종한단다. 누구나 자기 삶의 주인이어야 사는 것이 즐거울 텐데 주인 의식을 가질 수 없게 만드는 거지.

예를 들어 어떤 집에 세 들어 사는 사람은 그 집을 아끼고 관리해야 할 의무가 없어. 살다가 떠나면 그만이거든. 하지만 집주인은 어떻게 하니? 자기 집을 아끼고 닦고 쓸고 청소하며 부지런히 관리하지. 꿈도 마찬가지야. 부모의 꿈을 아이들한테 강요하면 아이들은 그 꿈을 자기 것으로 느끼지 않아.

내가 강연에 가서 꿈이 뭐냐고 물으면 많은 아이들이 자기 꿈이 아니라 부모들 꿈을 이야기 해.

"엄마가 판사 되래요."

"아빠가 공무원 되래요."

엄마도 아빠도 네 인생을 대신 살아 줄 수는 없어. 너의 꿈과 삶과 직업은 네가 스스로 정하는 거야. 그러기 위해서 네가 평생 해도 싫증나지 않을 게 무엇인지, 너의 진짜 적성이 무엇인지 따져 보는 거지. 그렇게 했을 때 네가 네 꿈의 주인이 될 수 있고, 네 삶의 주인이 될 수 있겠지. 그러면 공부할 마음도 생기고, 그것이 아무리 어려워도 참고 견딜 수 있는 거야. 그래서 부모가 아이들의 꿈을 결정해서는 안 되고, 너희도 부모에게 꿈을 정해 달라고 해서도 안 되는 거야. 나중에 자기 꿈에 대한 후회가 생길 경우에 부모가 책임져 줄 수 없기 때문이야.

부모들은 대개 자기가 이루지 못한 꿈을 자식들이 이뤘으면 하고 바란단다. 그러다 보니 자녀들의 진로 결정에 참견을 많이 하지. 그럴 때 너희는 자신의 의사를 분명히 밝힐 수 있어야 해. 가끔 자기가 목표하는 것과 적성이 안 맞아서 부모에게 고민을 털어놓는 아이들이 있어. 이처럼 지금의 상황을 바꾸려면 우선 부모를 설득해야 해.

 엄마, 아빠를 어떻게 설득해요? 말이 잘 안 통하는데.

자, 정말 네가 딴 길을 가고 싶다면 부모에게 뭔가를 보여 줘야 해. 정말 그동안 노력했다는 걸 드러내야 하지. 그러려면 어떻게 해야겠어? 지금껏 정말 최선을 다해 왔다는 걸 입증해야 해. 정말 최선을 다해 공부하고, 애쓰는데도 역시 성적이 안 오르는 걸 보면 부모님도 마음을 바꿀 거야. 이렇게 최선을 다했는데 안 된다, 그래서 괴롭다, 이런 이야기를 했을 때 어느 부모가 끝까지 자녀한테 자기만의 꿈을 강요할까? 세상에 그런 부모는 없어. 자식이 애쓰고 노력했는데도 안 된다면, 그런 노력들이 빛을 발할 수 있는 곳으로 가도록 이끌어 주는 게 부모의 마음이란다.

하지만 잘 생각해 봐. 정작 최선을 다하지 않았으면서, 쉽고 편한 길로 가려고 둘러대는 변명이 '적성이 안 맞고 소질이 안 맞다.'는 하소연으로 둔갑하진 않았는지. 만약 그렇다면 부모들에게 너의 이야기가 진심으로 가닿을 수 있을까?

그런데 그렇게 최선을 다해 노력하다 보면 어느새 성과가 나고 재미를 느끼게 되는 경우도 있지. 바로 그게 자기의 새로운 적성 발견으로 이어질 수도 있어. 그게 뭐든 간에, 중요한 건 정말 최선을 다해 봤느냐는 거야. 사회에서 성적을 살펴보는 이유는 점수 그 자체보다는 그 성적을 얻기 위해서 얼마나 노력했을까를 보기 위해서야. 만약 미국에 살다 오지 않았는데도 영어 시험에서 만점을 받았다면 면접관들은 어떤 생각을 하겠어. '야, 이 지원자는 노력파구나.', '이런 친구에게는 무슨 일을 맡겨도 최선을 다해서 열심히 하겠구나.'라고 생각할 거 아니야. 그런 걸 판단할 목적으로 성적을 보는 거지. 그렇기 때문에 최선을 다해서 성과를 내 보는 것은 정말 중요해. 물론 그전에 자신의 소질과 적성을 찾아 진로를 정하는 것이 우선이지. 이걸 찾도록 돕는 검사도 많고, 상담 기관도 많으니까 한 번 경험해 봐도 좋을 거야.

 하지만 한 우물만 오랫동안 파서 그 길로 쭉 가는 건 지겨운 것 같아요.

빙고, 맞아. 선생님도 30, 40년 동안 글을 쓰다 보니 가끔은 지겨워. '이걸 평생 할 수 있나?' 하는 생각이 들 때가 있어. 그런데 선생님이 지금의 위치까지 올 수 있었던 건, 한 우물을 파면서도 세상의 변화를 계속 받아들였기 때문이야. 나는 소설만 쓰지 않고 동화, 수필은 물론 연극 대본, 뮤지컬 대본도 썼지. 여기에 만화도 그리고 만화 스토리도 짜고 광고 카피도 써 봤어. 다양한 일을 하면서 끊임없이 내 능력을 시험해 보았지. 사실 일생 동안 한 우물만 파기란 거의 불가능해. 우물을 파며 양옆, 위아래로 기웃거려 보기도 하며 계속 자신의 능력과 경험을 확장시켜야 해. 이것을 위해서라도 공부하는 훈련이 되어 있어야 해. 새로운 것을 익히려면 공부를 하는 방법밖에 없거든.

더욱이 미래 사회에는 어떤 직업이 필요할지 다들 잘 몰라.

생각해 봐. 요즘은 미혼 남녀를 맺어 주는 전문 회사까지 생겼지만, 옛날에는 그런 일이 직업이 될 수 없었어. 컴퓨터를 만들고 애프터 서비스를 하는 직업도 과거에는 없었지. 스마트폰 앱을 개발하는 직업은 최근에 생긴 아주 각광받는 직업이잖아. 웹디자이너도 마찬가지고. 이런 식으로 미래에는 수없이 많은 새로운 직업이 생겨. 그렇기 때문에 미래를 살아 보지 못한 부모가 좋다고 말하는 직업이 마냥 그러리라는 보장은 없어. 기자라든가 약사, 기상캐스터 같은 직업은 곧 가까운 미래에 사라질 직업이라잖아.

두려움이나 선입견 없이 새로운 분야에 도전하고 흥미를 갖는 것은 청소년들의 특성이야. 잘 못해도 괜찮고 실수해도 괜찮아. 그 속에서 또 배우는 것이 있을 테니. 너희는 마음껏 새로운 것을 배우고 도전해 보길 바랄게. 그래야 네가 가진 능력을 더 많이 찾아내고 개발할 수 있을 거야.

 와, 맞아요! 그래서 요즘에는 사람들이 과거보다 다양한 직업을 갖게 되는 것 같아요.

그럼. 하지만 중요한 것은 아까도 얘기했지만 무엇을 하든지 흥미롭게 여기고 적극적으로 도전하고 받아들이는 거야. 그렇게 해서 성과를 내다 보면 그게 네 적성이 되고 취미가 되는 거란다. 우리는 누구나 성공할 수 있는 유전자를 가지고 있어. 그러니 너무 걱정하지 마. 이러한 사실을 염두에 두고 공부가 잠시 싫고 귀찮더라도 미래를 위해 땀을 흘려 봐. 언젠가 그 피와 땀은 반드시 보상을 받게 되어 있으니까. 정말 자기가 원하는 분야를 찾아내서 성실히 일한다면 삶이 행복해질 수 있단다. 그런 모습을 볼 때 비로소 부모님도 너희들을 믿어 주고 자랑스러워하는 거지.

다시 한 번 강조하지만, 공부는 너 자신에게 주는 선물이야. 공부를 통해서 스스로의 삶을 완성시킬 수 있단다. 공부가 무조건 싫다고 하지 말고, 긍정적인 마음으로 네 삶을 멋지게 바꾸도록 노력했으면 좋겠다.

## 공부에 대한 글귀

거문고를 켜는 김성기(金聖器)는 왕세기(王世基)에게서 거문고 연주법을 배웠다. 그런데 원래 왕선생은 어디선가 새로운 기술을 배우면 아무에게도 가르쳐 주지 않는 사람이었다. 그래서 김성기는 밤마다 왕선생의 집 앞에 가서 창에 귀를 대고 연주를 엿들었다. 이튿날 아침이면 김성기는 왕선생의 새로운 곡을 하나도 틀리지 않게 따라 할 수 있었다.

왕선생은 늘 그것이 의심스러웠다. 어느 날 밤 거문고를 연주하다 곡이 끝나기 전에 갑자기 창문을 열어 보았다. 김성기가 그 서슬에 놀라 뒤로 자빠졌다. 이에 왕선생은 김성기를 기특하게 여겨 자기의 기법을 전부 물려주었다고 한다.

이 이야기에서도 알 수 있듯이 공부를 하고 실력을 쌓는 일은 이렇게 힘들고 어려운 것이야.

## 직업 적성

가끔 자신에게 맞는 직업이 무엇인지 알아보려고 적성 검사를 하는데, 그것이 절대적으로 옳은 것만은 아니다. 적성 검사 결과에서 적합하다고 나온 직업을 가지면 잘 해낼 가능성이 크다는 정도의 지표일 뿐이다. 하나의 직업을 가지고 그 분야에서 오래도록 종사하고 일하려면 적성 이외에도 끈기, 실력, 노력, 꿈과 열정, 그리고 인내심 등 수많은 요소가 필요하다. 적성에 맞지 않아 못하겠다는 말은 이런 나머지 요소들을 투입하고 싶지 않다는 말이 될 수도 있다.

## 직업의 다양성

<미래의 직업세계(2025 유엔미래보고서)>를 보면 새로운 직업이 많이 소개된다.

미세조류 전문가, 오피스 프로듀서, 날씨조절 관리자, 무인자동차 엔지니어 등을 꼽은 것으로 봐도 알 수 있듯이 기후와 에너지가 미래 산업의 주요 트렌드임을 반영하고 있다.

국내에 거주하는 외국인이 116만 명을 넘어서고 다문화 가정의 취학 자녀가 매년 40%씩 급증하고 있다는 점에도 주목할 필요가 있다. 다문화 언어지도사, 결혼이민자 통·번역지원사, 한국어교사 등의 새로운 직업이 생겨났다.

유엔미래보고서 2025 유엔 산하 미래연구 싱크탱크인 밀레니엄프로젝트가 각 분야의 세계적 전문가들과 석학들이 모여 만든 최신 전망 연구자료 가운데, 가장 주목할 만한 예측을 모아 분야별로 정리한 책이다.

범죄가 늘어나면서 프로파일러, 피해자심리전문요원이라는 직업도 등장하게 되었다.

LED조명 기술의 발달로 미디어파사드 디자이너와 조명 디자이너가 생겼다. 이렇게 기술이나 문화의 발전에 따라 직업은 무궁하게 생겨나고 있다. 과거의 직업 기준으로 부모가 자녀를 이끌면 위험한 이유가 바로 여기에 있다.

## 통합, 융복합

문과와 이과를 구분하지 말자는 움직임을 융복합(convergence)이라고 한다. 이건 많은 기술이나 성능이 따로따로 존재하지 않고 하나로 녹아서 결합한다는 뜻이다. 그렇게 되면 시너지 효과가 발생한다. 예를 들면 줄기세포 기술이 식품산업과 만나면 음식을 먹는 것으로 질병을 치료할 수 있게 된다. 융복합 사례는 우리가 자주 쓰는 물건 중에도 있는데 통신기술이 전자기술과 결합해서 만들어진 스마트폰도 그중 하나다. 문학과 건축학이 결합한 예는 다음에 나오는 이상의 시가 대표적이다.

선(線)에 관한 각서(覺書) 2
이상

1+3
3+1
3+1 1+3
1+3 3+1
1+3 1+3
3+1 3+1
3+1
1+3
線 上의 一點 A

線上의 一點 B

線上의 一點 C


(하략)

## 윤회설과 계급

인도에서는 엄격하게 신분 차별이 이루어지고 있다. 브라만 계급은 제사를 담당하는 사제로 가장 높은 신분이고, 수드라 계급은 가장 낮은 신분인 노예여서 다른 계급을 위해 봉사하는 일을 했다. 이 차별적 신분제도를 '카스트(caste)'라고 부른다. 이런 불평등한 제도가 유지되는 건 바로 지

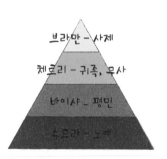

**카스트 제도** 현재 법적으로 폐지되었으며 근대화 및 교육의 영향으로 점차 약화되고 있다

금 사는 삶이 전생에서 비롯되었기 때문이라고 수긍해서다. 자신의 계급에 만족하면서 열심히 살고 선업을 쌓아야만 다음 생에서 좀 더 나은 신분으로 태어난다는 윤회설이 카스트의 근간이다.

### 4장

# 친구 문제가 머리에서 떠나지 않아요

나는 고등학교 1학년 때, 짝을 굉장히 미워한 적이 있었어.
고등학교에 들어가서 처음 알게 된 짝인데, 원래는 얌전하고
착하고 예쁜 녀석이야. 나랑 정말 친했었지. 그런데 이 녀석이
어느 날 딴 친구하고 사귀면서 자리를 옮겨 버리는 거야. 그때
우리 반은 자유 좌석제였거든. 그 녀석에게 엄청난 배신감을
느꼈지. 악몽까지 꿀 정도였으니까. 지금 돌이켜 보면 정말 웃
기는 일인데 그때는 왜 그렇게 화가 났는지 모르겠어. 내 짝이
딴 놈하고 앉았다는 이유만으로 화를 끓이며 증오심에 불탔었
거든. 생각해 보면, 그때 난 청소년이었기에 마음이 통하는 친
구를 간절히 원했던 것 같아.

친구는 정말 소중하잖아요. 저 같아도 기분이 나쁠 것 같아요.

　사실 친구에 대한 소유욕은 다들 조금씩 있어. 흔히 셋이서는 절친한 친구가 되기 어렵다고 하잖아. 그런 말이 왜 나왔을까? 셋이 잘 모이다가도 둘이 같이 어딜 가면 나머지 하나가 소외감을 느끼잖아. '나만 빼놓고 자기들끼리만 갔네.', '내 얘기를 하지 않을까?' 하는 생각이 들지. 그렇지만 그럴 때는 '친구'란 어떤 존재인지 확실히 짚어 봐야 해. 친구는 인격 대 인격으로 만나는 대상이지, 소유할 수 있는 물건이나 애완견 같은 것이 아니야. 인간은 근본적으로 혼자는 살 수 없게 되어 있어. 좋든 싫든 사람들과 관계를 맺고 그 관계를 통해 발전하고 때로는 타락하기도 하거든.

　학교에 다니는 이유를 생각해 봐. 물론 가장 큰 이유는 공부하기 위해서지. 공부해서 미래를 준비하고 지덕체를 닦는 것도 중요하지만 학교라는 공동체 안에서 수많은 친구를 사귀면서 너희 인격을 자리 잡아 가는 것도 중요해. 나는 공부와 친구가 학교에 다니는 2대 목적이라고 생각해. 때로는 싸우고 때로는 친해지기도 하면서 친구 관계에서 다양한 감정을 느끼고 이런저런 깨달음을 얻는 거지. 평생을 사는 동안 많은 사람과 아주 가깝게 오랜 기간 지내는 것은 학교 다닐 때가 유일하단다. 그렇기 때문에 학창 시절 친구는 정말 소중해. 오죽하면 친구와 포도주는 오래될수록 좋다는 서양 속담이 있겠니? 학교 다닐 때 친구를 많이 만들지 못한 사람은 사회에서 생활하는 데도 문제가 생겨. 왕따가 되거나 방에만 처박혀 사는 '히키코모리' 가 되는 거야.

 그러면 친구는 많으면 많을수록 좋은가요?

친구는 물론 많을수록 좋겠지. 그런데 사람의 능력엔 한계가 있고, 하루는 24시간으로 정해져 있잖니? 그러니 소중한 친구 한두 명만 있어도 그 사람의 삶은 실패한 삶이 아니라고 나는 생각해. 친구를 보면 그 사람을 알 수 있다는 말이 무슨 뜻이겠어? 좋은 사람 옆에는 좋은 친구가 있는 법이거든. 진정한 친구에 대한 이야기는 전 세계 어디든지 있단다. "A Friend in need is a friend indeed."라는 말도 있잖아. '어려울 때 친구가 진정한 친구'라는 말. 어려울 때 도와주는 친구가 있다면 팍팍하고 힘든 우리 삶도 덜 힘들고 외로울 테지.

 오래된 친구인데 엄마가 사귀지 말래요. 걔네들이 술과 담배를 한다고요.

허허, 그렇구나. 술 담배를 한다고 해서 무조건 나쁜 친구들이라 할 수는 없겠지. 아마 그 친구는 네가 어렸을 때부터 알고 지낸 사이일 테고. 가끔 술 담배를 하면서 너에게 솔직한 이야기를 털어놓기도 했겠지. 하지만 부모님은 그 친구를 왜 싫어하실까? 진정한 친구는 술 담배 같은 것을 권하거나 거기에 함께 빠지도록 유혹하는 친구가 아니라고 생각하시기 때문일 거야.

불건전한 취미나 향락으로 이끄는 친구보다는 너의 문제를 이해해 주고 격려해 주며 함께 성장하자고 손 내밀 수 있는 친구를 사귀어야 해. 네가 잘못하면 따끔하게 충고도 하고, 네가 바른길을 벗어나면 잡아 주는 친구. 그런 친구가 진정 좋은 친구이기 때문에 부모님도 습관이 나쁜 친구는 말리는 거란다.

 좋은 친구를 사귀면 뭐가 좋은데요?

자기 성장에 중요한 바탕이 되지. 정서적으로도 안정이 되고 힘들 때 의지도 되어 준단다. 부모님보다도 더 너의 마음과 처지를 잘 이해하는 게 친구잖니? 청소년기에 좋은 친구를 사귀는 훈련이 되어야 어른이 되어서도 좋은 사람들을 만나 관계를 잘 맺을 수 있어. 만약에 네가 사업을 하려는데, 친구를 많이 사귀어 보지 않았다면 이 세상 수많은 사람들을 만나서 물건을 팔거나 계약을 성사시키기 위해 어떻게 대해야 할지 알기 힘들 거야. 독서가 인생 예습이라면, 친구 사귀기는 사회생활의 예습이야. 다양한 친구를 사귀다 보면, 나중에 사회에서 처음 보는 사람들을 만나도 친구 사귀던 경험을 살려 좋은 관계를 맺을 수 있는 거야. 그렇기 때문에 좋은 친구를 많이 사귀어 두면 평생 무엇과도 바꿀 수 없는 보물이 될 거야. 혼자 가면 빨리 가고 친구와 함께라면 멀리까지 갈 수 있다는 말도 있잖아.

 하지만 친구 사귀기는 정말 어려워요. 좋은 애들 옆에는 이미 친구들이 많거든요.

하하. 그건 바로 그 친구가 인기가 많기 때문이야. 네가 친해지고 싶은 아이라면 친해지고 싶어 하는 다른 아이들이 또 있겠지. 그건 그 아이에게 무언가 장점이 있기 때문이야. 외모가 뛰어나거나 성격이 좋거나, 아니면 공부를 잘하거나 등등. 인기 있는 친구한테 다가가려면 아무래도 좀 쑥스럽지. 인간은 친구를 필요로 하면서도 낯설어하거나 가깝게 다가가기 어려워하는 게 본능 속에 숨어 있거든. 왜냐하면 낯선 자에게 섣불리 다가갔다가 위험에 처할지도 모르기 때문이야. 그래서 항상 누군가 처음 보는 사람에게 다가가려면 쑥스럽고 두려운 법이지.

그럴 때 필요한 것이 용기야. 용기를 내지 못하면 남들한테 말 한 번 걸어 보지 못하고 평생 혼자 살게 될 수도 있어. 용기 있게 다가가서 친구가 되자고 말을 걸어 보는 거야. 혼자서만 그 친구를 바라보며 끙끙 앓아 봤자 친구가 될 수 없어. 그래서 내가 항상 얘기하잖니. 세계 최고의 대학은 '들이대'라고. 말 그대로 들이대는 거지. 말도 걸고 웃어 주고 미소를 띠어 주면 그 친구도 관심을 보이게 되어 있어. 이 세상에서 망설여서 얻을 수 있는 건 하나도 없단다.

 정말 그런 것 같아요. 하지만 다가가기로 마음을 먹는다고 해서 갑자기 "야, 나랑 친구 하자." 할 순 없잖아요.

그래서 다가가기 전에 시간이 필요해. 자세히 살펴보고 그 친구가 좋아하는 게 뭔지 알아내는 거야. 예를 들어 그 친구가 어떤 가수를 좋아한다면 그 가수 음반을 사서 선물로 주는 거야. 아니면 그 가수가 나온 잡지 기사를 오려서 줘도 되고. 그러면 '어? 내가 이 가수 좋아하는 걸 어떻게 알았지?' 하면서 감동할 거야. 그러면 자연스럽게 친구가 될 계기가 만들어질 거야. 이처럼 누군가를 위해 네 것을 내줄 때 지극히 가까워지는 거야.

그런데 네 것을 주는 것이 아깝다고? 하하하. 자신의 것을 지키면서 남의 마음을 얻을 수는 없단다. 가끔 친구에게 정말 성의 없이 아무 물건이나 사서 선물 줬다고 하는 애들이 있어. 그건 차라리 안 주는 것만 못해.

옛날에 내가 장애인 도서관을 운영한 적이 있거든. 장애인들이 읽을 책 좀 기부해 달라고 하면 무슨 책이 오는 줄 아니? 아무도 읽지 않을 낡은 책들을 기부한답시고 준단다. 그걸 받은 사람이 과연 고마운 마음이 들까? 누군가에게 무엇을 주면서 자기 마음을 전달할 때는 자신에게도 정말 소중한 걸 줘야 해.

하물며 친구에게는 말할 것도 없지. 용돈을 모아서 좋은 선물을 준비해 주는 마음. 그게 친구를 위하는 마음이야. 그럴 때 친구도 감동을 하는 거지. 그것이 꼭 물건일 필요는 없어. 친구가 어려운 일에 처하면 시간을 들여 도와준다든가, 친구 대신 어렵고 힘든 일을 도맡아 준다든가. 이럴 때 인간이라면 고마움을 느끼겠지? 그러면서 마음이 열리는 거야.

 마음이 열린다는 건 정말 중요한 것 같아요.

그럼. 마음을 열어야 비로소 대화가 되고 그 사람의 아픔과 기쁨을 함께 느낄 수 있어. 나 같은 경우엔 학교 다닐 때 먼 길을 가게 되면 지나가는 우리 학교 친구들에게 닥치는 대로 말했지. "야, 업어." 길게 말하지도 않았어. 그냥 그렇게만 말하면 아이들은 또 순수하게도 군말 없이 업어 줬어. 땀을 뻘뻘 흘리면서 힘닿는 데까지 업고 걸어가 줬지. 그렇게 해서 나는 수많은 친구들에게 도움을 받으면서 학교를 다녔단다.

지금 생각해 보면, 나 스스로 '장애인이라고 해서 너희들에게 신세 지기 싫어.' 하고 생각했다면 아무도 내게 다가오지 않았을 거야. 그냥 마음을 열고 "야, 나 힘드니까 업어 줘."라고 하니 기꺼이 업어 준 거였어. 이렇게 자신의 마음을 열고, 있는 그대로를 상대방에게 내보이면 좋은 친구를 사귈 수 있는 거야. 너희들도 그런 친구를 많이 사귀면 좋겠어.

 친구를 사귀는 특별한 비결이 있을까요?

방금 얘기했잖아. 친구를 사귈 때는 먼저 다가가서 선물을 주거나 너의 약점을 솔직하게 드러내. 그러고서 다가가면 그 친구도 '아, 얘는 정말 솔직하구나.'라고 느끼지. 또 앞서 말했듯 친구에게 너의 중요한 것을 내주는 것도 중요해. 또한 취미가 같거나, 어떤 계기로 같은 프로젝트를 맡는 등 공통분모를 찾게 되면 친구가 되기 쉽지. 그렇게 해서 책을 서로 빌려 보거나 영화를 같이 보는 것도 좋고, 같이 여행을 가는 것도 좋지. 그 친구를 너희 집에 데리고 와서 하룻밤 자는 것도 좋은 방법이야. 물론 부모님의 허락을 반드시 받아야 하겠지. 그렇게 학교에서만 보던 친구를 다른 상황, 다른 처지에서 보면 더욱 친해질 수 있어. 새로운 면을 발견하게 되거든.

 하지만 학교에는 왕따가 있어서요. 아무나 친해질 수 없어요. 잘못하다간 저도 왕따가 될 수 있거든요.

그래, 왕따 문제가 참 심각해. 왕따로 낙인찍힌 친구에게 가까이 갈라치면 그 애까지 왕따를 시키는 잘못된 문화가 자리잡고 있지. 혹시 친구들한테 따돌림을 받는다 싶으면 너에게도 문제가 없는지 곰곰이 생각해 봐. 혹시 잘난 척을 하거나 이기적으로 보이진 않았나, 혹은 지나치게 내성적이었나 등을 살펴볼 필요가 있어. 그런 게 아니라면 너 자신을 조금은 친구들에게 맞춰야 해. 친구들이 듣기 싫어하는 말과 행동을 삼가면서 조심스럽게 다가가는 거야. 잘못했을 때는 먼저 사과할 수도 있어야 하지. 스스로를 고독한 섬으로 만들어서는 안 돼. 아까도 얘기했지만 인간은 친구마저도 소유하고 싶어 하거든. 그러니까 그런 부분을 조심해야만 좋은 친구 관계를 맺을 수 있어.

그리고 더 중요한 건 네 친구를 다른 친구에게 소개하는 거야. 그러면 너를 통해서 전혀 모르던 사람들이 새로 친구가 되는 거지. 그렇게 자연스럽게 무리가 만들어지고, 그 무리 안에서 다양한 일을 할 수도 있단다.

 친구 관계 때문에 정말 어려운 일도 있어요. 선생님들에게 말 못 할 일로 학교 가기 싫은 경우도 있어요.

아무래도 너희 힘으로는 해결 못 하는 일이 생기기도 하지. 그러면 학교 상담실을 이용하도록 해. 상담 선생님은 너희들이 생각하는 것보다 훨씬 많은 경험을 가지고 계셔. 내 동생이 학교 다닐 적에 친구 물건을 실수로 망가뜨린 적이 있었어. 그 친구 녀석이 못된 녀석이라 물건 값을 내놓으라고 하면서 돈을 받을 때까지 하루에 이자를 5할씩 붙였다고 하더라고. 만날 때마다 협박을 하는 거야. "너 오늘은 5만 원이다. 내일은 6만 원이다." 하면서.

소심한 내 동생은 집에다가 말도 못 하고 두려움에 떨다가 겨우 나에게 이야기를 했어. 내가 상담 선생님이 된 거지. 사실 간단한 문제였는데, 동생이 하도 고민하기에 이렇게 조언을 해 줬어. 상담실에 가면 학생 의견함이 있으니, 거기에다가 글을 써서 내라고. 동생은 내가 시킨 대로 글을 써서 의견함에 냈어.

얼마 후 동생을 괴롭히던 학생은 상담실에 끌려가서 단단히 훈계를 받았대. 상담실이 학생들 야단치는 곳은 아니지만 문제를 해결하기 위해 학생이 잘못된 행동을 하면 바로잡는 역할을 하기도 하거든. 그 뒤 녀석은 동생한테 이렇게 말했지. "장난으로 그런 걸 가지고 너 왜 그러냐?"

웃기지? 그 녀석은 장난으로 돌을 던졌다지만 돌을 맞는 내동생은 죽을 맛이었대. 그래도 선생님이 나선 덕에 문제가 해결되었지. 이처럼 너희들이 고민하고 있던 문제도 의외로 쉽게 풀릴 수 있어. 절대 친구 문제를 혼자 해결하겠다고 생각하지 말고, 주위 도움과 조언을 꼭 받도록 해. 그럼으로써 건전한 청소년기를 보낼 수 있는 거야.

내겐 몇백 명의 친구들이 있어. 그 친구들은 다 나에게 많은 것을 준 친구들이야. 나를 업어 주고, 가방을 들어 주는 등 학창 시절 내내 나의 어려움을 대신해 준 친구들이지. 나는 아직도 그 은혜를 잊지 않고 있어. 그 친구들은 지금도 나의 든든한 응원군이고, 내 책의 가장 열렬한 독자가 되어 주고 있어. 내가 바쁜 작가 생활 중에도 고등학교 동창 모임에서 '홈커밍데이' 추진 위원장이 된 것은 그런 은혜를 갚기 위해서란다.

지혜롭게 잘 사귀고 그를 통해 성장할 수 있을 때 비로소 친구는 너의 보물이 되어 줄 거야. 참, 그리고 너희들이 친구를 잘 사귀기를 바란다면 좋은 친구가 생기기를 기다리지만 말고, 스스로 누군가에게 좋은 친구가 되어 봐. 누군가에게 좋은 친구가 되려면 어떻게 하냐고? 친구가 네게 해 주길 바라는 말이나 행동을 네가 친구에게 해 주면 된단다.

### 히키코모리

히키코모리는 자신과 다른 사람들 사이에 경계를 만들고, 스스로 만들어 놓은 보이지 않는 감옥에 자신을 가둔다. 이런 히키코모리가 되면 적게는 몇 달에서부터 많게는 몇 년까지 문밖에도 나가지 않고 혼자 고립되게 된다. 이것이 위험한 이유는 나중에 사회에 대한 반항과 분노로 행동이 표출되기 때문이고 자칫 잘못하면 큰 위험을 불러일으킬 수도 있는 까닭이다. 우리나라의 경우 스마트폰과 인터넷 보급률이 높기 때문에 소극적인 사람들이 사회에 적응하지 못하고 히키코모리가 될 가능성이 상당히 높다. 이 히키코모리는 질환이므로 치료를 필요로 한다. 적극적으로 상담을 받고 치료를 받는 것이 중요하다.

### 오타쿠

오타쿠라는 말의 뜻은 정확하지 않지만 일반적으로는 어떤 취미나 일, 대상에 대해 깊은 관심을 가지는 것이다. 관심이 나쁠 것은 없지만 다른 분야에 대해서는 최소한의 지식이나 관심조차 갖지 않기에 사회성은 많이 부족한 인물을 표현할 때 쓰는 단어이다. 그렇게 되면 매니아와 구분하기가 어려워지기 때문에 전문가들에 따르면 어느 분야에 어느 정도 강도로 집착하느냐에 따라 오타쿠와 매니아는 다르다고 한다. 여행, 패션 같은 현실적인 것을 제외하고 누군가가 창조해 내는 애니메이션이나 영화 음악 등등에 열중하는 사람들에 한정해서 오다쿠라고 부르고 있다.

## 또래중조

친구들 사이에서 벌어지는 갈등을 해결하는 당사자로 선생님이나 부모가 아닌 훈련을 받은 학생이 나서는 것이다. 또래의 친구가 갈등을 중재하는 것이기 때문에 마음을 쉽게 열 수 있으며 성과도 크게 낼 수 있는 좋은 방법이다. 1982년에 브라이언트 고등학교에서 시작된 이 또래중조는 문제 해결이나 폭력 예방에 상당한 효과가 있다는 것이 입증되었다. 지금은 전 세계로 퍼져 나가고 있으며 우리나라에도 도입되어 일부 학교에서 시행되고 있다.

## 친구와 우정에 대한 격언

친구 사이의 우정을 두텁게 하지 않고 아무렇게나 지내는 것은 예쁜 꽃에 물을 주지 않고 시들게 내버려 두는 것과 다름이 없다. 물을 주고 김을 매며 꽃을 가꾸듯 아름다운 우정을 쌓아 올리는 것이 현명하다.

-새뮤얼 존슨

우정은 뛰어난 견해이고 사랑은 맹목적이다. 벗의 결점을 보지 않는 사람은 그 벗을 진실로 사랑하는 사람이 될 수 없다. 연인의 결점을 보는 사람은 이미 그 연인을 사랑하지 않는 사람이다.

-알랭

### 5장

꿈이 뭔지도 모르겠고,
마음이 답답하고
폭발할 것 같아요

＊

　내가 대학에서 학생들을 가르칠 때 반드시 내주는 리포트
가 있어. 그것은 자기가 살아온 삶에 대한 자서전을 쓰는 거야.
스무 살 안팎의 대학생들이 무슨 자서전을 쓰냐고? 20년이 짧
다고 생각하니? 20년을 살았다면 어쩌면 어마어마한 경험을
했을 수도 있는 거지. 한번은 한 예쁘장한 여학생의 자서전을
읽고 깜짝 놀란 적이 있어. 그 여학생은 곱상한 외모와는 달리
살아온 삶이 너무나도 기구했던 거야. 간단히 말하자면 부모님
이 이혼을 하는 바람에 큰 어려움에 처했고, 그런 처지 때문인
지 항상 화가 나고 답답했다는 거야. 그러다 문득 부모님에게
보복하고 싶다는 생각이 들었대. 자기가 힘든 만큼 부모 마음
을 아프게 하고 싶었다는 거지. 그래서 생각해 낸 방법이 집을

나가서 자기 스스로를 망치는 거였어.

 자기를 망치다니요? 무서운데요.

그렇지. 자신을 망침으로써 엄마와 아빠가 마음 아파할 거라고 생각하고, 스스로 가출해서 온갖 경험을 다 했다는 거야. 남학생들과 잠을 자기도 하고, 임신에 낙태까지. 물론 그런 방황의 시기를 지나 다시 제자리로 돌아와 대학에 들어가긴 했지만, 한번 그러한 일탈을 경험한 학생은 마음의 상처가 평생 지워지지 않는단다. 실제로 중고등학생들 중에서도 왠지 모를 답답함과 막막함 때문에 힘들다고 말하는 학생들이 많아. 사실 그 답답함의 근원은 다양하지만 주로 집, 부모, 가정, 혹은 자기 자신에 대한 불안에서 비롯된 것이 대부분이지. 그래서 미래에 무엇을 해야 할지, 무엇을 하고 싶은지도 모르겠다며 답답하다고 말해.

 맞아요, 꿈이 없는 애들이 많아요. 저 역시도 그렇고요.

너희에게 꿈이 뭐냐고 물어보면 아직 못 정했다고, 꿈이 없다고 대답하는 아이들이 종종 있어. 물론 꿈은 쉽게, 한순간에 정할 수 있는 게 아니야. 나 역시도 꿈을 정하기 위해 오랜 시간 돌고 돌았으니까. 나는 대학교에 들어가서야 꿈을 정했으니 너희도 그리 늦은 건 아니야. 난 원래 이과 공부를 하다가 장애 때문에 문과에 오게 됐고, 그 덕분에 작가가 되었잖아.

가끔 이렇게 묻는 아이들이 있어. "부모님이 시키는 대로 하면 된다고 하는데 과연 그 말이 맞는지도 알 수가 없어요." 바로 그렇기 때문에 답답한 거야. 답답함은 갈 길을 제대로 찾지 못했을 때 생기거든.

넓은 바다 위에서 항해를 하는데 배가 어디로 가는지 모른다면 거기 타고 있는 사람들은 답답하지 않겠어? 며칠이 지나면 육지에 도착한다는 계획이 있어야 하는데, 어느 곳에 언제 도착할지 모를 때는 당연히 답답함을 느끼겠지. 그처럼 너희들의 답답함도 마찬가지야. 꿈을 아직 확실하게 정하지 못했기 때문에 무엇을 위해 어디로 가야 할지 몰라서 답답한 거야. 그건 아직 가치관이나 인생관이 자리를 제대로 잡지 않았기 때문이기도 해. 그러니 뭐가 옳은지 판단하기 어렵지. 친구들 말을 들어도 맞는 것 같고, 부모님 말씀도 맞는 것 같고, 선생님 말씀도 맞는 것 같을 거야. 그건 옳고 그름에 대한 판단 기준이 없어서 그래. 당연히 너희에게 명확한 기준이 생길 때까지 기다려야 하는데 이때 자칫 방황하다 행동을 잘못하면 크게 상처를 입게 돼.

제 친구 중에도 가출했다가 돌아온 애가 있는데요. 왠지 다른 애가 된 거 같아요.

가출은 꼭 문제가 있는 애만 하는 건 아니야. 호기심에, 혹은 부모에 대한 반발로 잠시 일탈하는 경우도 있지. 부모의 간섭을 벗어나면 자유롭고 행복할 것 같아서야. 가슴 속 답답함과 막막함이 풀릴 것 같고. 어쩌면 평소에 가출을 일삼는 아이들이 멋있어 보여서 따라 하게 될 수도 있어. 물론 대부분의 평범한 아이들은 바로 제자리로 돌아오겠지. 하지만 문제는 그다음부터야. 가출을 했다가 돌아오면 선생님과 친구들의 시선이 달라지잖아. 완전 문제아 취급을 하는 경우가 대부분이지.

잠시 방황했을 뿐인데 그게 주홍글씨처럼 낙인이 되는 거야. 가출했던 아이, 부모님 말 안 듣는 아이, 그리고 열심히 공부하거나 꿈을 향해 가는 아이들과는 다르다는 낙인이 찍혀 버려. 그렇게 되면 그 아이는 인생이 바뀔 수도 있어. 그런 아이한테 누가 기대를 하겠니? 주변의 차가운 시선과 문제아 취급 때문에 힘들어하다가 결국 비행을 저지르는 아이들과도 가까워지는 거지.

가출을 하면 집에 있을 때는 겪지 않았던 유혹에 빠질 수도 있어. 그런 유혹에 점점 다가가다 보면 돌이킬 수 없게 되는 거야. 어떤 이유에서든, 가출과 일탈 행동은 분명 옳지 않아. 그

것을 군이 겪어 보지 않고 깨달을 수 있는 사람이라면 지혜로운 사람이겠지. 한 번의 실수를 이 세상 사람들은 용서하지 않는 경우도 있어.

 심지어 우리들은 고등학교를 선택할 때부터 고민이에요. 특성화고로 갈지 인문계로 갈지도 갈팡질팡이잖아요. 이러니 답답하죠.

나에게도 한 여학생이 그런 이메일을 보낸 적이 있어. 자기는 작가가 되고 싶다기에 나를 찾아오라고 했지. 전문대학을 중퇴하고 바리스타로 일하는데 동화 작가가 꿈이래. 써 온 글을 보니 맞춤법도 엉망이고, 동화에 대한 공부가 부족한 게 훤히 보였어. 여학생은 자신이 맞춤법에 약하다는 걸 인정하면서 동화 작가가 되는 쉬운 방법이 뭐냐고 묻더라고. 그랬다가 나에게 아주 혼이 났지. 난 비겁한 이야기라고, 자기가 원하는 길이 있으면 아무리 험하고 힘들어도 온 힘을 다해 달려가야 한다고 말해 줬어.

자신이 정한 목표가 어려울수록 더 용기를 내야지. 결코 피해 가거나 비껴 갈 수는 없어. 당장 도서관에 가서 일 년 동안 동화책 2천 권을 읽은 다음에 다시 오라고 했어. 그러면 제자로 받아 주겠다고. 이 세상에 쉬운 길은 없으니 정면 도전하라고 했어.

중고등학교 시기는 미래를 준비하는 시기야. 그런데 너희는 미래를 잘 준비하고 있니? 군인들을 봐. 언제 전쟁이 날지 모르니 매일 훈련을 하고 경계 태세 속에 살잖아. 그렇게 늘 긴장하고 열심히 준비하기 때문에 전쟁 등의 비상 상황이 발생했을 때 바로 능력을 발휘할 수 있는 거야. 평소에 전쟁에 대비하지 않고 일상생활을 하는 민간인은 적들과 싸울 수 없지만, 항상 훈련하고 오랜 기간 실력을 쌓은 군인은 나라를 지킬 수 있지.

같은 이치란다. 미래를 준비하기 위해 항상 준비하고 있어야 할 시기에 자칫 그릇된 행동을 한다면 삶이 잘못된 방향으로 흐를지도 몰라. 그렇게 되면 너희만의 삶이 잘못되는 것에서 끝나지 않아. 사랑하는 부모님과 형제들, 친구와 선생님들에게도 피해를 줘. 너희를 사랑하는 그들은 얼마나 큰 고통을 받겠니?

너희들은 정말 소중한 사람이야. 나 하나쯤이야 없어져도 괜찮겠지 한다면 잘못된 생각이야. 마음이 답답할수록 문제에 정면 도전해야 해. 학문에 왕도가 없듯이 원하는 꿈을 향해 가는 길은 직진도로가 없거든. 꿈을 이루고 싶다면 여러 가지 유혹을 참으면서 노력해야 해.

하지만 참고 견디는 건 힘들고 지겹잖아요. 한 시간 동안 공부하는 것조차 힘든데요.

그게 바로 어른이 되는 훈련이란다. 주변의 어른들을 봐봐. 너희 부모님은 어떻니? 아빠는 힘들게 돈 벌어서 가족을 지켜. 사회생활이 힘들지만 너희들 앞에선 그런 소리 안 하시지? 속마음은 당장이라도 멀리 자유롭게 떠나고 싶으실 거야. 너희들은 돈 벌지 않고, 학교에서 공부만 하려 해도 괴로운데 아빠는 오죽하시겠니? 모두 던져 버리고 훌쩍 떠나고 싶어도 가족들 걱정에 회사 걱정에, 결국 참고 견디시잖아.

엄마도 마찬가지야. 집안일만으로도 힘이 들어. 직장을 다니는 엄마들은 퇴근하고 나서 가족들 뒷바라지를 또 해야 하지. 여기에 시부모님이나 친정 부모님도 챙겨야 해. 그런 상황에서 모든 걸 떨쳐 버리고 집을 나가면 어떻게 될까? 그동안 쌓아 왔던 것, 지켜 왔던 것 등 모든 게 망가지지. 어른들은 그래. 이럴 수도 없고 저럴 수도 없는 딜레마를 견디는 사람들이야. 힘들다고 섣불리 자기가 해야 할 일을 내팽개쳤다간 더 큰 문제가 발생한다는 것을 깨달은 사람들이야. 그렇기에 어른들은 현실이 힘들어도 참고 견디는 거야.

그래서 삶에는 훈련이 필요한 거지. 참고 견디는 사람이 진정한 어른이야. 너희들이 지금 이러한 답답함을 참아 내며 미래를 준비하는 건 어른이 되는 훈련이기도 해. 어찌 보면 지금의 상황이 답답한 건 당연한 거야. 청소년기는 경계에 있잖아. 어른도 아니고 아이도 아닌, 옮겨가는 시기, 어디에도 속하지 않는 불안정한 시기니까 당연히 답답하고 불안하지.

단군 신화에 나오는 곰을 떠올려 봐. 백일 동안 마늘과 쑥만 먹고 참았잖아. 묵묵히 참고 답답함을 이겨 낸 끝에 결국 사람이 되었지. 참지 못하고 뛰쳐나간 호랑이는 어때? 결국 평생 인간이 되지 못했지. 답답하고 단조로운 생활을 견딜 줄 아는 사람, 딜레마를 이기는 사람만이 나중에 스스로 문제를 해결할 수 있는 힘을 기르게 되는 거야.

 제 미래에 대해, 제 자신에 대해 아무리 생각해도 정말 잘 모르겠어요.

청소년 시기에는 자기 자신에 대해 여러 가지 생각을 많이 하지. 이는 곧 인생의 근본적인 문제에 대한 성찰로 이어져. 사람은 어디에서 와서 어디로 가는가. 왜 사람들은 모두 죽는가. 왜 사람들은 돈을 벌려고 애를 쓰는가. 이런 의문은 누구나 가질 수 있지. 더 나아가서는 이런 의문도 제기할 수 있어. 왜 직업을 가지기 위해서 열심히 공부해야 하는가. 결혼은 왜 하는가. 이런 생각들은 정말 철학적인 질문이야. 그 생각에 빠지기 시작하면 생각은 꼬리에 꼬리를 문단다. 사실 이런 질문들에는 어른들도 쉽게 대답할 수 없어. 선생님도 이런 질문에는 한참이나 고민하지.

맞아요. 그런 생각을 하면 머리가 아파요. 답은 모르겠는데.

머리가 아프다는 건 무슨 뜻일까? 그만큼 에너지를 많이 들여서 고민해야만 결론을 찾을 수 있는 문제란 뜻이야. 하지만 너희들이 그런 생각을 하고 있다는 건 어찌 보면 긍정적인 신호야. 내적으로 많이 성숙한 사람들이 대개 그런 질문을 하지. 별생각이 없는 아이들은 그런 질문조차 하지 않고, 할 능력도 없거든. 나는 이게 청소년기를 거치는 너희들에겐 당연한 과정이라고 생각해.

청소년기는 가치관을 확립하고 세계관을 얻어 가는 시기야. 당연히 이런 생각을 평소에 많이 하는 사람이 스스로가 납득할 수 있는 답을 찾기 쉽겠지. 이러한 생각들을 깊이 파고들어서 자신만의 관점을 갖는다면 더 바랄 나위가 없어. 하지만 그 문제에 대한 답을 찾을 수 없다고 탈선하거나 엉뚱한 생각을 하면 그 결과는 아주 심각해진단다.

이럴 때 필요한 것이 멘토야. 너희들이 롤 모델로 삼고 싶은 사람이나 너희들에게 진심으로 조언을 해 줄 사람이 있다면, 그 사람과 깊은 대화를 나눠 보도록 해. 그 사람이 살아온 삶이 너희에게 곧 예습이 될 테니. 내일 배울 부분을 미리 공부해 놓는다면 공부를 잘할 수 있는 것처럼 인생도 마찬가지야.

아무리 생각해도 해결이 되지 않거나 잘 모르겠다 싶은 것은 주변 사람들을 멘토 삼아 물어보면 돼. 그들의 조언에 귀 기울이며 의문을 정리해 나가다 보면 스스로의 노력으로 미래를 멋지게 열 수 있단다.

 난 노력한다고 하는데 잘되는 건 별로 없고. 자신감이 떨어지는 건 어쩔 수가 없어요.

누구든 한 번 떨어진 자신감은 쉽사리 끌어올리기 힘들어. 다들 자신은 노력한다고 말하지. 그런데 노력의 결과가 다 비슷하게 나온다면 왜 사람마다 다른 고민을 하겠니? 선생님도 수없이 많은 시험과 공부를 통해서 때로는 좌절하고 때로는 즐거워하면서 성장해 왔단다. 여기서 중요한 건, 그러한 좌절로 인해서 어떤 깨달음을 얻는가 하는 거야. 만약 이런 생각을 하지 않는다면 실패나 실수가 주는 의미가 없어.

내가 햇병아리 작가였을 때 친구 하나가 일거리를 소개해 줬어. 한 회사의 자료집을 내는 데 필요하다며 엄청난 양의 자료를 정리해서 글을 쓰라는 거야. 순진했던 나는 계약도 하지 않고 기쁜 마음에 무턱대고 일을 시작했어. 그런데 원고를 제법 많이 써놓은 시점에 그 일이 무산되었다는 거야. 나는 한마디로 일만 열심히 하고 대가를 못 받게 되었지. 이때 나는 뼈저

리게 깨달았어. 어떤 일이든 계약을 하고, 계약금을 받기 전엔 일을 시작하지 말아야 한다는 것을.

이렇게 작은 깨달음이라도 하나하나 쌓아 나간다면 그게 나를 성장시키는 디딤돌이 될 거야. 주위의 멘토나 친구들을 통해서 그러한 고민들을 공유한다면 더 좋겠지. 그 사람의 경험을 들으면 그것이 간접적으로 내 것이 되는 거야. 사람들과 깊은 대화를 많이 나눠야 하는 이유도 바로 이 때문이란다. 무엇보다 대화를 통해 공감대를 갖게 되면 방황하던 마음이 갈피를 잡게 돼.

 방황하던 마음을 잡았다, 그런 다음엔 어떻게 해야 하나요?

내가 말 안 해도 잘 알잖니. 갈피가 잡히고 방향이 잡히면 앞으로 나아가도록 노력을 해야지. 노력하지 않고 얻을 수 있는 것은 없어. 꿈을 찾지 못해 마음이 잠시 흐트러졌다면 어떻게든 다잡아야 해. 다시 신발 끈을 조이고 허리띠를 졸라매고 너희들 마음도 단단히 묶어야 하는 거지. 그리고 지금까지의 허무함을 날리기 위해서라도 더욱더 땀을 흘리고 노력해야 해. 피, 땀, 노력, 그리고 시간. 이 네 가지만이 꿈을 이루기 위해 네가 지불할 수 있는 대가지. 네가 그걸 지불하기 시작하면 금세 힘을 받아서 멀리 앞서간 아이들을 따라잡을 수 있고, 그동안에 하지 못했던 긍정적인 생각을 많이 하게 될 거야.

인생은 길어. 어쩌면 일주일, 한 달 정도의 짧은 방황은 아무것도 아니란다. 너희가 해야 할 인생 마라톤은 앞으로 100년간은 이어질 거야. 지금 다시 정신 차리고 달리면 골인 지점에 이르러서는 찬란한 영광을 맛보게 돼. 그러한 영광을 위해서라면 지금의 답답함은 충분히 이겨 낼 수 있는 작은 난관일 뿐이야.

    좀 더 구체적인 해결책을 듣고 싶어요.

구체적인 해결책? 좋아, 이제부터 작은 일에도 기뻐하면 돼. 크게 웃고 즐거워하다 보면 정말 인생이 즐거워진단다. 우리의 뇌를 속이는 거지. 그리고 두 번째, '나는 할 수 있다'는 생각을 가져. '이 어려움과 답답함을 이겨 내고 나는 먼 미래에 승자가 되고야 말겠다!'라는 당찬 마음을 먹도록 해. 그러려면 네가 좋아하고 아무리 해도 지치지 않는 일을 찾아서 그것에 몰두하는 것도 좋지. 친구가 필요하다면 친구들에게 먼저 다가가고, 선생님이 필요하면 선생님에게 먼저 다가가. 용기를 내서 다가가면 너희들의 답답함과 억울함은 금세 깨어진단다. 어렵고 정답 없는 인생이지만 헤쳐 가다 보면 어느 순간 삶이 재미있어질 거야.

### 낙인, 주홍글씨

주홍글씨는 19세기 미국 문학의 걸작으로 꼽힌다. 나다니엘 호손의 첫 장편 소설로 어둡고도 준엄한 청교도 사회를 배경으로 하고 있다. 인간의 자유를 억압하는 사회의 폭력을 잘 그린 작품으로 간통한 여자의 가슴에 주홍글씨 A자를 새겨 넣고, 온 마을이 그녀를 비난하며 손가락질하는 내용을 담고 있다. 그뒤 주홍글씨라는 단어는 한 사람에게 평생 지울 수 없는 낙인을 찍는다는 의미로 널리 쓰이고 있다.

**주홍글씨 초판본(1850)** 10일 만에 초판 2천 부가 매진되는 진기록을 세웠다.

### 딜레마

논리학에서 나온 말로 양단논법이라고도 한다.

'내가 불량서클에 들어가면 친구들이 좋아한다.
하지만 부모님은 내가 불량서클에 다니는 걸 좋아하지 않는다.'

이처럼 친구를 택하자니 부모가 울고, 부모를 택하자니 친구가 멀어지는 상황을 딜레마라 할 수 있다. 둘 중의 하나를 택해야만 한다는 것은 딜레마가 우리에게 주는 고통이다.

## 근묵자흑(近墨者黑), 근주자적(近朱者赤)

먹을 가까이 하는 자는 검게 되고, 인주를 가까이 하는 자는 붉게 되다는 의미이다. 한마디로 자신의 주위 환경을 경계하고, 단속하라는 메시지이다. 인품의 향기가 나는 사람과 어울리면 내 몸에서도 향기가 날 것이며 사람들이 인격자로 존경할 것이다.

### 멘토의 유래

〈그리스 로마 신화〉에서 오디 세우스가 트로이 전쟁을 나갈 때였 다.  오디세우스는 자신이 없는 동 안 아들 텔레마쿠스를 지켜 달라 고 지혜로운 노인에게 부탁했다. 그 노인의 이름이 '멘토'다. 다시 말해 멘토는 후배나 어려운 사람 들을 상담해 주며 조언해 주는 사 람이라는 뜻이다. 이러한 도움을

텔레마쿠스(좌)와 멘토(우)

받은 사람은 '멘티'라고 한다. 멘토는 우리말로 선생님, 선배, 구원자, 지도자, 롤 모델 등으로 부를 수 있겠다.

### 뇌를 속이는 방법

우리의 오감은 모두 뇌에서 판단하여 결정된다는 점에 주목한 방법 이다. 웃기는 일을 보고 기분이 좋아 웃는 것을 거꾸로 이용해서 일부

러 먼저 웃으면 기분이 따라서 좋아진다는 것이 좋은 예다.

다이어트를 할 때도 이 방법을 쓸 수 있다. 뇌를 속이기 위해 큰 그 릇으로 하나 가득 밥을 먹던 사람이 작은 그릇으로 바꾸는 것이다. 그 릇이 작아져도 한 그릇을 먹으면 포만감을 느끼게 된다. 그럼으로써 뇌가 속아서 더 이상 밥을 먹지 않게 되는 방법이다.

뇌라는 것은 생각보다 단순하기에 우리가 길들이고 속인다면 얼마 든지 나에게 유리하게 이용할 수 있다.

**6장**

나도 모르게 왕따, 폭력에
얽히고 말았어요

＊

　가끔 뉴스나 SNS를 통해 청소년들이 길 가던 노인이나 약
자를 아무 이유 없이 두들겨 팼다는 소식을 접해. 폭력을 썼다
는 것만으로도 정말 어이가 없는데, 아무 이유 없이 그랬다니
더더욱 말이 안 나와. 그러한 폭력이 번번이 일어난다는 건 그
만큼 우리 사회가 폭력이 만연한 무서운 곳임을 대변하지.

　오늘날 우리 사회엔 유해한 환경이 너무도 많아. TV를 켜기
만 하면 폭력적인 영화, 거친 욕설이 난무하는 드라마가 일상
적으로 나오지. 원하지 않아도 너무나 쉽게 폭력을 접할 수 있
어. 그뿐이 아니야. 학교에선 주먹 쓰는 아이들 위주로 서열이
결정되는 게 당연한 현상이 되었고, 그런 애들을 가장 힘 있고
멋있게 보는 시선들도 많아. 법보다 주먹이 가깝다는 둥 왕따

니 폭력이니 셔틀이니 하는 용어들이 다 그런 문제를 드러내고 있잖아. 이렇다 보니 감정이 예민한 청소년들에게는 폭력이 심리적으로도 큰 상처를 주지. 더 큰 문제는 뭔지 알아? 그 상처가 한 사람의 일생을 좌우한다는 거야. 학교 폭력이 사회 문제가 되는 이유가 바로 여기에 있어.

 열심히 공부만 하는 친구들도 많은데, 저도 그러고 싶어요.

주변 친구들을 보면 학교 폭력과 상관없어 보이는 애들도 많아. 공부를 열심히 하고 자기 뜻을 세워서 꿈을 향해 나아가는 아이들 말이야. 그 아이들은 절대로 그런 일에 얽히질 않아. 폭력과 연관된다는 건 무언가 자신에게도 문제가 있다는 거야. 예를 들면 불량한 친구들과 함께 으슥한 곳을 찾아다닌다든가, 밤늦게까지 집에 들어가지 않고 쏘다닌다든가. 이처럼 안 좋은 곳을 드나들거나 바깥으로만 떠돌면 문제가 발생할 소지가 커져. 모범생들을 봐. 학원, 집, 독서실. 이런 곳을 주로 다니니까 소위 '일진'들하고는 밖에서 만날 일이 별로 없잖아.

 조용히 있어도 일진들이 와서 폭력을 휘두르는 경우도 있어요.

그래. 폭력이 학교에 만연하다는 게 큰 문제야. 대낮에도 학교에서 힘깨나 쓰는 패거리들이 약한 아이들을 집단 폭행하는 경우가 있지. 그 애들이 또 집단으로 가출해서 학교 밖에서 문제를 일으키기도 하고.

내가 쓴 소설 중에 《까칠한 재석이가 사라졌다》라는 책이 있는데, 주된 내용이 바로 학교 폭력 문제였어. 원래 학교에서 일진인 재석이가 좋아하는 여자애를 만나 스스로 바뀌기 위해 노력한 끝에 불량서클에서 벗어나는 이야기야. 나 역시 학교 폭력 문제를 심각하게 생각했기 때문에 작품으로 쓴 거야. 거기 나오는 불량서클은 실제로 내가 고등학교 다닐 때 있던 것들이야. 지금은 없어졌지만.

요즘 불량서클은 조폭들하고도 연계가 되어 있다고 하더구나. 내가 학교 다닐 때는 몇몇 아이들이 우발적으로 폭력을 휘두르면서 우월함이나 소영웅주의를 과시하는 정도였는데, 요즘은 비교가 안 될 만큼 조직적이 되었더구나. 실제로 졸업 후에 폭력 조직에 가입하는 아이도 있고. 그러면서 폭력 조직이 학교로 더욱 깊이 손을 뻗쳐 세력을 넓히기도 하고.

만약 학교 폭력과 연계될 경우 제일 중요한 것은 빨리 거기에서 벗어나는 거란다. 《까칠한 재석이가 사라졌다》에서도 주인공 재석이는 불량서클에서 탈퇴하기 위해 대가를 지불해. 매를 300대나 맞는데 탈퇴 과정에서 이런 극단적인 폭력을 휘둘러서 탈퇴를 막으려는 의도야. 비이성적인 그들의 행동에 혼자 대응하기란 정말 쉽지 않단다. 이럴 때 필요한 것이 상담실이지.

 상담실은 문제아들이 드나드는 곳 아닌가요? 그래서 왠지 꺼려져요.

그건 오해야. 사실 문제 학생만 주로 상담실에 드나드는 것처럼 분위기를 만든 데에는 학교 측 잘못도 있어. 과거에는 조금만 문제가 있는 학생도 상담실로 불러서 체벌을 했거든. 상담실은 한마디로 징계와 처벌의 아이콘이었지.

하지만 상담실이라는 공간은 정말 우리에게 필요한 곳이야. 학생들의 문제를 해결해 주는 선생님들이 계신 곳 아니겠니. 정 드나들기가 꺼려지면 건의함이 있단다. 그곳에 편지를 써서 집어넣으면 선생님들이 수시로 확인하고 학생이 원하는 장소, 원하는 시간에 문제를 상담해 줄 수가 있어. 상담은 너희들을 도와주기 위해서 하는 거야. 결코 두려워하거나 멀리할 필요가 없단다. 네 자신의 삶을 보다 나은 것으로, 보다 편안한 것으로 만들려면 용기를 내야 한단다. 가만히 있기만 하면서 너를 자유롭고 편하게 만들어 줄 방법은 아무것도 없어.

 폭력 신고 전화도 있어요. 그건 어떨까요?

맞아. 신고 전화도 있지. 그것은 무엇을 의미하겠니? 학교 폭력을 반드시 해결하겠다는 우리 사회의 의지가 그만큼 강하다는 뜻이야. 이러한 문제를 해결하지 못하면 많은 청소년들이 상처를 입고 병들 거야. 그래서 사회에서도 학교 폭력 근절을 위해 많은 힘을 쓰고 있지.

그렇다고 이 모든 문제를 사회에서 어른들이 해결해야 한다고만 기대하는 건 문제가 있어. 가정에서도 함께 도와줘야 해결될 문제야. 부모들은 자녀와 좀 더 많은 대화를 해야 하고, 너희도 부모님과 마음을 터놓고 이야기를 나눌 자세를 가져야 해. 물론 너희를 과잉보호하거나 너무 지나치게 기대하는 느낌이 들면 부담이 되겠지.

부모님과 대화가 부족한 데에는 학생인 너희들에게도 문제가 있어. 부모와 대화가 안 된다고 스스로 마음의 문을 닫으면, 부모 입장에서는 자녀들에게 다가서기가 어렵단다. 어렸을 때 엄마 아빠와 즐거웠던 추억을 생각해 봐. 이 세상에서 너한테 문제가 생겼을 때 가장 최선을 다해 책임져 주고 가장 먼저 가슴 아파할 사람이 누구니? 바로 부모님이야. 작은 일이라도 가슴을 열고 말을 꺼내면 부모님은 그것만으로도 굉장히 기뻐하고 행복해하실 거야. 언제나 너희들 곁에는 부모님이 있다는 사실을 잊지 말도록 해.

부모나 가정에 문제가 있어서 애들이 사고를 치는 경우도 있잖아요.

좋은 지적이야. 비행 청소년들의 가정환경을 조사해 보면 실제로 정상적인 환경이 별로 없다고들 해. 하지만 여기서 생각을 좀 해 보자. 그러면 문제 가정의 아이들은 모두 다 문제아가 되어야 할까? 부잣집 아이들은 모두 모범생이고 행복할까? 인생은 꼭 그렇진 않아. 지옥에서도 장미꽃이 피어날 수 있고 천당에서도 썩은 냄새가 나는 법이야. 중요한 것은 너희들의 의지와 마음가짐이란다. 물론 천당보다 지옥에서 장미꽃을 피우기가 좀 더 힘들다는 건 인정해. 하지만 부모님, 혹은 선생님에게 뭔가를 기대하기 전에 너희들 스스로 떨쳐 일어나려는 마음을 가져야 해. 속담에도 있잖니. 하늘은 스스로 돕는 자를 돕는다고.

여기서 내 첫사랑 얘기 한 번 들어 볼래. 내가 청년 시절에 꼭 결혼하고 싶었던 여인이 있었단다. 하지만 여인의 부모님은 내가 장애인이라는 이유로 우리 사랑을 극구 반대했어. 몹시 힘들어 하던 여인은 결국 나를 떠나 수녀원으로 들어가고 말았어. 나는 수녀원에 찾아가서 그 여인을 불러내려고 엄청 애를 썼어. 하지만 그 여인은 마음을 돌이키지 않았어. 그때 나는 깨달았단다. 주변에서 아무리 내 결혼을 도와주려 해도 당사자의 의지가 없으면 불가능하다는 것을. 이 얘기를 너희에게 적용하자면 너희가 아무리 폭행 사건에 연루되더라도 꼭 폭력 서클에서 나와야겠다고 결심하고 벗어나려 한다면 못할 일이 없어. 너희가 처한 환경과 처지를 바꾸려면 너희 스스로가 먼저 변해야 하는 거야.

 하지만 거기서 벗어나기 위해 주위 도움을 받으면, 나중에 보복을 당할까 두려워요.

그런 걱정이 드는 게 당연해. 그렇지만 생각해 봐. 학생들 사이에서 벌어지는 폭력 사건은 사회 전체적으로 볼 때 '찻잔 속의 태풍'에도 못 미치는 거야. 그에 비하면 사회의 공권력은 정말 무시무시하고 강력하단다. 조직폭력배들도 경찰이 나타나면 도망가잖아? 경찰은 온 국민이 힘을 실어 준 합법적인 공권력을 가지고 있어. 감히 조직폭력배들이 상대하지 못할 정도이지. 폭력 신고 전화가 바로 그런 힘을 가지고 있고, 어떤 문제든 해결해 줄 수 있어.

보복? 보복을 한다면 그 학생은 더 큰 고통을 받게 돼. 그런데도 끝까지 너희들을 미워할 수 있을까? 그저 자신들이 힘이 있다고 거들먹거리는 녀석들에 불과한데? 걱정하지 마. 이건 사람 잘 무는 똥개가 갑자기 호랑이를 만난 격이야. 호랑이 앞에서 똥개를 두려워할 필요는 없잖아? 이미 우리 사회에는 학교 폭력을 근절해야 한다는 보편적인 공감대가 형성되어 있단다. 그러니 겁먹을 필요 없어.

예를 하나 들어 줄게. 가정 폭력을 일삼는 못된 남편이 있었어. 아내는 폭력에 줄곧 시달리다가 참다못해 죽을 각오를 하고 남편을 경찰에 고발했어. 남편은 그날로 경찰서로 끌려갔고, 법원에서 아내를 또다시 폭행하면 엄중히 처벌하겠다는 경고를 받았어. 아내도 남편이 반성하고 있으니 더 이상 처벌을 원치 않는다고 했지. 그 뒤로 어떻게 되었을까? 지금껏 아내를 때리고 못살게 구는 게 사소한 행동이라고 생각했던 남편은, 그것이 큰 범죄가 된다는 사실을 알고 다시는 아내를 때리지 않았어. 그렇게 해서 가정은 다행히 화목해졌대.

남을 괴롭히고 못살게 구는 사람은 비겁한 사람인 경우가 많아. 자신보다 힘센 사람들 앞에서만 무릎을 꿇는 소심한 자들이지. 그렇기 때문에 자기보다 힘이 약한 사람만 골라서 괴롭히는 거야. 그럴 땐 겁내지 말고 과감히 주위에 손을 내밀어 봐. 너무나 쉽게 해결되는 경우가 있단다. 요즘은 학교마다 전담 경찰관이 있어. 그런 사람들에게 도움을 청하는 것도 좋아.

 정말 저는 불량서클에서 이제 그만 벗어나고 싶어요. 어떻게 해야 할까요?

너희나 너희 친구들 중에 자신도 모르게 잠시 삐끗해서 불량서클에 몸담게 된 애들도 있을 거야. 다른 아이들을 때리거나 소위 '빵'을 뜯는 것이 일상이 되었겠지. 하지만 그것은 잠시 지나가는 시련일 뿐이라고 나는 생각한단다. 누구나 한 번쯤 충동적인 행동도 하고 실수도 할 수 있는 법이야. 그 실수를 통해서 뭔가를 배우고 달라질 수 있다면 다행이지. 그런데 문제는 실수인 줄 알면서도, 잘못인 줄 알면서도 벗어나지 못하는 것이야.

앞에서도 말했지만 불량서클의 보복 따위는 두려워하지 마. 너희들이 폭력을 그만두고 평범한 학생으로 돌아간다고 해서 무서운(?) 보복을 할 아이들은 아무도 없어. 오히려 폭력을 쓸 때보다 훨씬 더 살기가 편해질걸? 불량서클에서 손을 씻고 나왔다는 사실만으로도 주위 어른들에게 칭찬을 많이 받게 될 테니까.《까칠한 재석이가 사라졌다》를 보더라도 이건 분명해. 나중에 나만의 스토리가 될 수도 있다고. 이건 소설뿐만 아니라 실제로도 우리 곁에서 있었던 일이야. 불량서클에 가입했던 여자아이가 어떤 계기로 인생을 다시 살고, 마침내 자기 이야기를 책으로 내서 베스트셀러 작가가 된 경우가 있어.

네 행동 때문에 벌어질 일들이 두렵다면 애초부터 불량서클에 들지 말았어야 해. 하지만 이미 벌어진 일이니 스스로 책임을 져야 해. 우선 네가 괴롭혔던 친구들에게 진심으로 사과하고 용서를 빌어. 때린 만큼 맞겠다는 각오로 다가간다면 누구든 너를 용서할 거야. 무엇보다 자신의 의지를 확고히 하는 게 중요해. 그걸 확실히 하려면 네가 알고 있는 불량서클을 학교 선생님이나 폭력 신고 전화 등에 알리는 것이 좋아. 이렇게 해서 죄를 씻어 내면 그것은 너희에게 대단히 훌륭한 기억으로 남을 수 있어. 어려움을 당당히 이겨 내고 밝은 곳을 향해 나아가는 사람이 되는 거지. 그동안 자신에게 주어진 환경과 여건이 마음에 들지 않는다고 함부로 내키는 대로 행동하다가, 이제는 이성적이고 합리적인 사유를 할 수 있는 인간이 되었으니까. 그로 인해 주위로부터 인정을 받는 건 덤이지.

 그렇게 하고 싶어도 지금껏 제가 저지른 행동이 두려워요.

입장을 바꿔 생각해 봐. 아무 죄 없이 너희들에게 맞거나 금품을 뜯긴 아이들, 혹은 왕따를 당한 아이들은 얼마나 속상했겠니? 상대방을 속상하게 했으니 당연히 사과하고 그들의 불안함을 가라앉혀 주어야겠지? 이 세상에 쉬운 일은 없어. 그렇기 때문에 자기가 저지른 일은 자기가 해결해야 해. 결자해지(結者解之)라는 말이 있잖아.

네가 이렇게 된 데에 대해 남 탓 할 것도 없어. 가정환경이 어려워서, 살기가 힘들어서 그런 길로 빠졌다고 변명하는 것은 '루저'들이나 하는 짓이야. 정말 잘못된 일, 그릇된 일로부터 벗어나서 너 자신을 지키고 싶다면 용기를 내. 바닥부터 다시 시작한다는 마음을 가지면 뭐든 할 수 있어. 노력하면 안 되는 일이 없으니까.

 노력하면 안 되는 일이 없다고요? 아닌 것 같은데요!

내 말을 믿을 수 없다고? 해보지도 않고 믿지 못하겠다면 더 이상 해줄 말은 없어. 세상 사람들은 진정성을 다해 행동하는 사람을 알아준단다. 지금이라도 늦지 않았어. 용기를 내 봐. 이건 폭력을 행사하는 아이들이나 폭력을 당하는 아이들 모두에게 해주고 싶은 말이야.

그렇다고 혼자 모든 부담을 떠안으라는 건 아니야. 힘들고 어려울 때는 혼자 끙끙대지 말고 주위 사람들에게 네 어려움과 고통을 반드시 털어놓아야 해. 친구뿐만 아니라 주위 어른들, 상담기관, 학교 등과의 소통이 필요하단다. 그러면 고통을 이겨 내는 데도 도움이 되고 자신의 미래를 밝게 그려 볼 수 있는 거야. 그런 마음을 가질 때 비로소 폭력이라든가 각종 유해 환경으로부터 벗어날 수 있고 스스로를 지켜 낼 수 있어.

인생은 마라톤이란다. 경기가 끝나 봐야 너희들이 승자인지 패자인지 알 수 있어!

## 학교 상담

학교에서의 상담은 학생과 상담 선생님이 서로 우호적 관계를 형성하는 것이다. 서로 신뢰할 수 있는 관계 속에서 선생님은 학생이 자신의 상황을 충분히 이해할 수 있도록 도와주고, 학생 스스로 의사를 결정하며 긍정적인 방향으로 상황을 바꾸도록 이끄는 것을 상담이라고 한다.

한마디로 상담을 하는 이유는 인간을 성장시키고 발달을 촉진시키려는 목적이다. 성장하고 발달하는 데 방해가 되는 요소가 있으면 그걸 줄여 주거나 제거해 버림으로써 행동을 바꾸게 하고 정신을 건강하게 만들어 주는 것이다. 그리고 상담을 하는 동안 학생은 자신의 문제 상황을 어떻게 대처하면 되는지 물을 수 있다. 상담 내용은 모두 비밀이기 때문에 문제가 있을 때 적극적으로 상담실의 문을 두드리자.

## 부성애와 모성애

부성애와 모성애는 다르다고들 인식하는데 사실 이것은 편견이다. 19세기 들어 상업을 중시하는 사상이 퍼지면서 힘이 세고 일을 잘할 수 있는 남성들이 바깥에서 경제 활동을 하는 동안 여성들은 육아와 가사를 맡도록 분업이 되었다. 이에 모든 가치관이 맞춰지다 보니 모성애가 부성애보다 강하다고 생각하지만 사실은 오해이다. 표현 방식이 다르고 태도에 차이가 있을지는 모르지만 자식에 대한 부모의 사랑은 누가 더 우월하다고 말할 수 없다. 자식을 아끼고 사랑하는 마음은 부모가 똑같기 때문이다.

부모는 자식에게 애정을 표현하는 방법을 보다 적극적으로 훈련해야 할뿐 아니라, 자녀들도 부모에 대한 사랑의 표현을 좀 더 적극적으로 함으로써 소통이 일어나고 사랑이 더욱 공고해질 수 있다.

## 미성년자 범죄

범죄가 발생했을 때 가해자가 미성년자일지라도 14세 이상이면 성인과 똑같이 형사처벌을 받을 수 있다. 다만 범죄자가 판단력이 낮다고 감안해서 처벌 수위를 조금 낮출 뿐이다. 12세 이상 14세 미만의 학생들에 대해서는 형사처벌을 할 수 없다. 즉 초등학생의 경우 형사처벌을 하기가 어렵다. 대신 소년법에 의해 처벌을 받게 된다.

그렇다고 12세 이하는 무슨 짓을 해도 괜찮다는 뜻은 아니다. 가해 학생의 부모나 보호자에게 피해자가 손해배상을 청구할 수 있기 때문이다. 자녀의 실수로 부모가 큰돈을 물어 주게 되어 집을 팔거나 멀리 이사 가는 경우도 흔히 발생한다.

## 역지사지

남과 자신의 처지를 바꾸어 생각해 본다는 뜻이다. 말 그대로 상대방의 입장이 되어 보지 않으면 남의 생각과 어려움을 알지 못한다. 대개 사람은 자기 생각만 하고 이기심이 가득할 뿐만 아니라 자신이 알고 있는 지식이나 경험에 비추어 사물을 판단하기 때문에 종종 오해를 빚거나 갈등을 유발한다. 내가 남과 다르다면 남 또한 나와 다르다는 걸 인정하고 상대방을 긍정적으로 받아들여 넓은 아량으로 대해야 한다.

### 7장

# 마을에 드는 이성 친구 때문에 공부가 안 돼요

＊

　내가 고등학교 2학년 때 같은 독서실에 다니는 한 여학생을 알게 되었어. 성격이 발랄하고 상큼한 외모의 여학생이었지. 쉬는 시간이면 여학생은 독서실 옆에 있는 놀이터에서 배드민턴을 치곤 했어. 먼발치에서 가끔 본 그 모습이 하루 종일 나의 뇌리에서 떠나지 않았고 자꾸 가슴이 설레었어. 책을 좋아하고 공부만 열심히 하던 모범생인 내 가슴에 잔잔한 파문이 일었던 거지. 며칠 동안 공부가 제대로 되질 않았어. 책만 펼치면 그 여학생이 떠오르고, 독서실에 가서도 그 여학생이 언제 오나 신경 쓰느라 공부가 안 될 지경이었지. 하지만 내 마음은 거기서 접어야 했어. 예전에는 요즘처럼 여학생을 쉽게 사귈 수 있는 분위기가 아니었거든.

요즘은 대부분의 학교가 남녀공학이고, 또 남학생과 여학생이 자유롭게 사귀는 분위기잖아. 내 고등학교 시절과는 천지 차이인 것 같아. 그때는 학교들이 전부 다 남고 아니면 여고였고, 학생이 무슨 연애질(?)이냐 하는 분위기였거든. 그래서 사실 난 너희들 나이가 되도록 이성 친구를 사귄 경험이 그리 많지 않았어. 하지만 이젠 어른으로서 해줄 말이 있어. 왜냐하면 나도 대학 들어가서부터 연애를 좀 해 봤거든. 하하!

 부모님들은 여자 친구나 남자 친구 사귀는 건 무조건 반대래요.

그래. 이성 친구를 사귄다고 하면 부모님들은 대부분 반대하시지. 한창 공부해야 할 시기에 공부를 방해받지 않을까 하는 걱정 때문이지. 부모님들 또한 사춘기 때 그러한 방황을 경험해 보기도 했을 테고, 직접 겪어 봤으니 그것이 미래를 준비해야 하는 중요한 시기에 지장을 준다고 생각하는 거야.

하지만 부모가 이성 교제를 반대한다고 해서 너희들이 순순히 받아들이겠어? 부모가 반대할수록 몰래 숨어서 자꾸 만나고 싶겠지. 사실 꼭 이성 교제가 아니더라도 남들 눈을 피해 뭔가를 하는 건 역사적으로도 흔한 일이었어. 일제 강점기만 해도 그래. 일제는 여러 건전한 청년들의 독서 모임을 무자비하게 탄압하고 해체하려 했어. 그러면 독서 모임 사람들은 지하로 숨는 거지. 아무도 모르게 숨어서 모임을 이어 나가다 보면 회원들 사이가 점점 끈끈해지고 결속력이 강해져서 독립운동을 끝까지 이어 나갈 수 있었지.

독립운동과 이성 교제를 비교해서 웃기니? 하지만 둘은 상당히 비슷한 부분이 있어. 부모님 반대 때문에 오히려 반발심이 생겨 이성 친구를 보란 듯이 사귀는 경우도 있단다. 그래서 나는 부모가 나서서 무조건 이성 친구를 못 사귀게 하는 건 옳지 않다고 생각해. 어차피 사회 분위기가 많이 바뀌었고, 또 조금만 연습하고 노력한다면 서로 건전하게 사귈 수 있기 때문이야. 세상은 남자와 여자가 어울려 살아가는 곳이니까, 서로 상대방을 일찍 알아 가면서 스스로가 발전하는 계기로 만들 수도 있지 않을까? 게다가 요즘은 다양한 IT산업의 발전 덕분에 더더욱 소통하기 쉬운 세상이 되었잖아. 그러한 소통을 통해서 얼마든지 서로 격려하고 위로해 주는 좋은 관계를 맺을 수 있으니까. 이런 이유들을 들어 부모님을 잘 설득해 봐. 무엇보다 너의 설득이 통하려면 이성 친구 때문에 공부를 소홀히 하거나 자제력을 잃지 않을 자신감, 스스로에 대한 믿음이 있어야 해.

여자 친구랑 SNS를 하다니요! 부모님은 그것도 엄청 싫어해요.

너희의 메신저를 검사하겠다거나 휴대폰을 빼앗겠다면서 극단적인 행동을 하는 부모님도 더러 있어. 왜 그럴까? 너희가 이성 친구를 사귀는 것을 나쁘다고 생각해서만은 아니야. 부모들은 자신들 기준으로 너희를 보기 때문이야. 부모가 보기에 너희들은 지금 미래를 위해 열심히 준비해야 할 중요한 시기인 거지. 자신이 원하는 대학을 가고, 사회에 나가 온전한 삶을 살기 위해선 지금부터 차곡차곡 준비해야 해.

생각해 봐. 내일 아침 7시에 수학여행을 가야 하는데 준비할 시간은 오늘밖에 없다면? 옷도 준비해야 하고 양말이나 신발도 준비해야 하고 이래저래 챙길 것이 많아. 그런데 여행 준비는커녕 너는 계속 딴짓을 하고 있다고 생각해 봐. 과연 그다음 날 빠트린 것 없이 여행을 잘 갈 수 있을까? 부모들은 그걸 알기 때문에 수학여행 전날에 오늘 하루만은 준비에 몰두하라고 잔소리를 하지. 하지만 너희는 경험이 없으니 금방 준비할 수 있을 거라 생각해서 짜증부터 내지. 무슨 일이든 막상 닥쳐서 준비하면 당황하고, 그러면 실수를 하게 돼. 그걸 부모는 예상하고 있는 거야.

마찬가지로 중요한 것은 이성 교제가 너희의 앞날을 방해해선 안 된다는 거야. 예를 들면 《까칠한 재석이가 열 받았다》에서는 미혼모 이야기가 나와. 이성교제가 일정 선을 넘었을 때, 한 여학생 혹은 남학생의 인생이 어떻게 망가지는지를 보여 주고 있어. 앞에서 말한 수학여행에 비유하자면 출발 직전까지 준비 안 하고 딴짓만 하다가 결국은 버스에 오르지조차 못하게 되는 거야. 이런 인생이라니, 생각만 해도 우울하지 않니?

 이성 교제가 지나치면 안 좋다는 건 이해하겠어요. 하지만 무조건 안 된다고만 하니 답답해요.

사실 부모들 대부분은 자녀를 자기 소유물로 여기는 경향이 있어. 아니면 자신과 거의 동일시하지. 그러다 보니 자식과 이야기를 나누다가 직설적인 말을 해서 대화가 끊기거나 더 이상 소통하기 힘들어지는 경우가 많아.

소통이 없으면 고통이 따른다는 말이 있어. 곤란하고 민감한 문제일수록 대화를 통해서 이야기하고, 소통을 함으로써 그 문제를 풀 수 있는 실마리가 생긴단다. 정말 사귀고 싶은 이성 친구가 있고 절대로 놓치고 싶지 않다면 부모님에게 솔직하게 얘기해. 그럼 부모님은 당부의 말을 하시겠지. 잔소리 같지만 이성 친구를 사귀더라도 네 앞날에 대한 준비와 미래에 대한 계획에 지장이 없기를 바라는 거잖아.

다시 수학여행 비유를 들자면 하루 종일 수학여행 준비를 철저히 한 후, 남는 시간에 다른 일을 하겠다고 해 봐. 어느 부모가 반대하겠니. 부모님이 가장 걱정하는 건 할 일을 해놓지 않고 덜 중요한 일에 신경 쓰는 것이라고. 그러니 부모님의 믿음을 얻으려면 이성을 사귀더라도 공부를 소홀히 하지 않는 모습을 보여야 해. 오히려 이성 친구를 사귀면서 전보다 더 마음이 여유로워지는 경우도 있어. 그러면 일상생활과 공부에 긍정적인 영향을 주겠지. 그렇게 된다면 어느 부모가 반대하겠어.

그렇게 너 자신부터 긍정적으로 변하는 모습을 보여 주면 이성 친구를 어두운 그늘에 숨어서 만날 필요가 없지. 한 걸음 더 나간다면 자연스러운 기회에 부모님께 이성 친구를 소개해도 좋아. 그럼 둘의 만남을 더 좋게 바라봐 주실걸. 물론 부모님들도 무조건 색안경을 쓰고 이성 교제를 안 좋게 보는 편견을 버려야지. 부모님이 학생이던 시절과 달리 세상이 많이 변했으니까. 이성 친구를 충동적이고 즉흥적으로만 만나는 게 아니라 오랜 친구로 남는 좋은 관계도 있다는 걸 보여 드릴 필요가 있지. 그렇게 서로가 함께 노력함으로써 소통 능력도 배우고 어른이 되는 연습도 할 수 있단다.

 물론 그중에선 질 나쁜 친구들도 있어요. 자꾸 밖으로 불러내서 안 좋은 짓을 하자고 하는 경우도 많아요.

앞에서도 얘기했지만 이성 교제에 대한 부모들과 사회의 반대 의견과 좋지 않은 시선이 강하다 보니 청소년들은 어두운 곳, 음침한 곳으로 숨어들려고 해. 만화방, DVD방 등 어른들이 이용하는 시설에 드나들고 그러다가 술, 담배 등의 유혹에 빠져 중심을 잃게 되지. 그러한 유혹에서 빠져나오는 효과적인 방법은 사실 없어. 본인 스스로 노력하는 수밖에 없지. 마음을 바로잡고 반드시 헤쳐 나오겠다는 의지를 가져야 해. 그런 의지가 없이 계속 빠져들면 결국 돌이킬 수 없는 상황을 겪을 수도 있어.

수학여행 비유를 다시 들어 보자. 수학여행 직전까지 준비 안 하고 딴짓을 하더라도, 정신을 차리고 마지막 순간에 준비에 매진한다면 충분히 멋진 수학여행을 보낼 수 있겠지. 하지만 그 준비는 부모도 친구도 대신해 줄 순 없고 네가 직접 해야만 해.

마찬가지로 더 깊이, 돌이킬 수 없는 선을 넘기 전에 유혹에서 빨리 빠져나온다면 그건 오히려 인생의 자극제가 되고 약이 될 수도 있어. 누구든 자기 인생에서 뭔가를 선택할 권리를 가지고 있어. 질이 안 좋은 아이들과 계속 사귀며 달콤하지만 치명적인 유혹을 누릴 것이냐, 아니면 거기서 벗어나기 위해 좋은 친구들을 찾고 주위 어른께 의논할 것이냐? 그 선택은 순전히 네 자신의 몫이야. 나름의 해결책을 인식했다면, 과감하게 문제의 근원들을 끊어 내야 해.

예를 들어 볼까? 평소에 자주 만나던 불량한 친구들과의 관계를 끊는 것은 결국 너 자신이야. 아무리 물가에 소를 끌고 가도 물을 먹는 건 소가 스스로 해야 한다는 말 있잖아. 이처럼 주위 어른들이나 좋은 친구들이 도와주더라도, 건강하지 못한 이성 교제에서 빠져나올 결정적인 힘은 결국 너 자신한테 있어. 너무 외롭고 쓸쓸해서 누구든 만나서 쾌락에 빠지고 싶을 때 그것을 절제할 수 있는 것도 결국은 너 자신이야.

 그렇다고 해도 누군가를 좋아하는 감정은 쉽게 억누를 수 없는 것 같아요.

그래. 맞는 말이야. 인간은 언제나 사랑에 목마름을 느끼지. 그래서 자기를 좋아하는 사람, 자기가 좋아할 사람을 늘 찾아. 좋아하는 사람이 생기면 고백하고 싶고 사귀고 싶고 친해지고 싶은 것. 이건 지극히 당연해. 하지만 좋은 사람을 만나고 사귀는 데에는 약간의 기술이 필요해. 다짜고짜 "너를 좋아하니 사귀자."라고 하면 될까? 성급한 행동은 상대방이 부담을 느낄 수도 있으니 참아야 해. 가장 좋은 건 서서히 친해지는 거야. 그러면서 상대를 알아 가고 인정해 주고 함께 성장하는 것이 진정한 이성 교제란다. 무조건 상대방을 소유하려 하고 뺏으려 하고 가두려 하는 건 왜곡된 연애야.

이러한 병적인 태도가 자칫하면 청소년기에 나타날 수도 있어. 그런 상황에서 자기 뜻대로 안 되면 폭력을 휘두르는 등 우발적인 행동을 저지르기도 하지. 만약 마음에 드는 친구를 만나게 되면 차분한 태도로 조금씩 다가가서 좋은 관계를 만들길 바랄게. 조금씩 천천히 사귀는 방법이 답답하게 느껴지더라도 서두르면 안 돼. 그렇게 차근차근 다가가는 훈련이 되면 어른이 돼서도 사람을 잘 사귈 수 있어. 좋은 사람을 알아보는 눈이 생기고 관계를 잘 형성하는 방법을 알기 때문이야. 이성 친구를 이렇게만 사귈 수 있다면 청소년기에 나름대로 연습을 해두는 것도 나쁘지 않아.

이미 여러 번 말하지만 인생은 길어. 지금 당장은 그 친구가 전부인 것 같지만, 인생은 100미터 달리기가 아니기 때문에 멀리 내다보는 여유를 가져야 해. 지금 만나고 있거나 좋아하는 사람은 네 긴 삶의 여정에서 보면 아주 작은 한 페이지일 수 있어. 먼 훗날 추억으로 떠올릴 한 페이지 말이야.

 제가 그 아이를 사랑하는 건지, 아니면 그냥 친구로서 좋아하는 건지 잘 모르겠어요.

만일 그런 친구가 있다면 일단 축하해. 누군가를 좋아할 수 있다는 건 누군가가 좋아할 만한 사람이기도 하다는 뜻이니까.

누구도 자신을 좋아하지 않는 삶이란 얼마나 삭막하겠니.《크리스마스 캐럴》에 나오는 스크루지를 봐. 아무도 그를 좋아하지 않고, 그 자신 또한 다른 누구도 사랑하지 않잖아. 얼마나 외롭고 고독할까? 결국 나중에 유령들을 만나서 사랑하는 마음을 다시 되찾게 되는 행복한 결말이지만 말이야. 사랑하는 마음은 그 자체만으로 좋아. 전제 조건은 바로 그것이야.

좋아하는 감정이나 사랑은 갑자기 찾아오는 법이야. 특히 청소년기에는 누군가에 대한 사랑의 감정이 갑자기 다가오고 갑자기 폭발하지. 그러다 보니 폭풍처럼 고백하고 밀어붙이고 싶은 감정을 누르기 힘들어. 하지만 정작 어떻게 다가가야 상대방과 친해지는지는 잘 몰라. 게다가 그 친구랑 같은 반이나 동아리가 되었을 경우, 용기 내서 마음을 고백했다 차인다면 더 난감해. 어쩔 수 없이 계속 얼굴을 봐야 해서 아주 어색하거든.

내가 아주 좋은 방법 하나 알려 줄까? 좋아하는 감정을 자연스럽게 놔두면서, 그것이 어떻게 발전해 나갈지 스스로 지켜보는 거야. 그리고 그에 따라 자연스럽게 좋아하는 감정을 표현하는 거야. 만날 때마다 미소를 지어 주고, 다정한 말을 건네주고, 그 사람이 어렵거나 힘든 일을 하면 얼른 나서서 도와주고⋯⋯ 그것은 바로 상대방에게 네가 호감을 갖고 있다는 뜻이 담긴 행동이고, 자연스럽게 너의 마음을 상대방에게 전달하는 방법이야. 그러다 보면 상대방이 그에 대한 표현을 할 수도 있고 안 할 수도 있을 텐데, 그에 따라 좋아하는 감정이 더욱 깊어질 수도 있고 아니면 그냥 그쯤에서 멈출 수도 있어.

사실 좋아하는 감정도 다양해서 꼭 하나로 뭉뚱그려 말할 순 없어. 친구로서의 우정인지, 인간적인 호감인지, 정말 이성적인 사랑을 느끼는 건지 복잡하거든. 그 미묘한 감정을 세세하게 느껴 보는 것. 이것이 어른으로 성장해 가는 데 밑거름이 된단다.

사랑한다고 해서 너무 적극적으로 밀어붙이는 것은 좋지 않아. 때로는 조용히 기다려 주고, 좀 더 나중에 어른이 되어서도 만날 만큼 소중한 사람이라면 계속 관계를 유지하면서 네가 좀 더 나은 사람으로 성장하도록 노력할 필요가 있어. 그래야 이 사람과 정말 오래 사귈 수 있고 좋은 결과를 낼 수 있기 때문이지. 결론적으로 말하자면 사랑이나 우정은 모두 소중한 감정이고, 변화하며 성장하는 것이니까 섣불리 판단하고 행동하면 곤란해. 자연스럽게 확신이 설 수 있도록 스스로 커나갈 수 있도록 지켜 줘야 할 감정이지.

 이미 한 번 사귀었던 사람이 그리워요. 그럴 땐 어떻게 하죠?

좋은 질문이야. 선생님도 옛날에 첫사랑의 여인과 사귀다가 헤어졌는데 몇 년간을 그리움에서 벗어나지 못한 적이 있어. 지금 돌이켜 보면 그러한 그리움과 아픔이 내가 글을 쓰거나 삶을 살 때 굉장히 큰 자양분이 되었지만, 그 당시에는 정말 괴로웠지. 심장이 툭 떨어지고 그 사람을 우연히 볼 때마다 속이 상하고, 가슴이 떨리는 것. 이걸 미련이라고 하지. 다시 관계를 돌이킬 수도 없다는 건 아는데 그렇다고 잊히지도 않는 관계. 여기서 내적 갈등이 발생하는 거지. 그래서 계속 전 여자 친구나 남자 친구를 그리워하는 거고.

먼저 위로를 해 주고 싶어. 사람이 누군가를 좋아하는 것은 어떤 조건 때문에 좋아하는 것이 아니야. 사랑은 국경도 초월한다고 하잖아? 누구나 좋아하고 사랑할 수 있어. 그렇기 때문에 미련이 남는 것도 사실은 당연해. 한 번쯤 만나서 네 마음을 고백해 보는 것도 나쁘진 않아. 그렇게 해서 서로의 마음을 솔직히 알고 결론을 내는 것도 좋아. 물론 상처를 입거나 실망할 수도 있겠지만, 상대방은 네 마음을 알지도 못하는데 너 혼자만 속을 끓이고 있으면 그건 그대로 큰 상처로 다가오지 않을까?

다만 섣불리 고백했다가 좋은 감정은 사라지고 미운 감정만 생기면 어떻게 해야 할까? 그럴 땐 자기를 객관화하면서 차분해지는 게 우선이야. 좀 다른 일에 몰두하면서 정말 이 사람이 네게 어떤 의미를 가졌는지, 혹시 잠시 열정에 빠진 것에 지나지 않는지를 시간을 두고 살펴보는 것도 좋아. 청소년기에는 좋아하는 감정이 쉽게 뜨거워지기도 하지만 쉽게 식기도 하거든. 그것이 과연 진정한 사랑인지 아니면 또 다른 감정인지를 구별하기 위해서는 시간이 필요해.

여러 가지 상황 가운데에서 자신이 가장 옳다고 생각하는 방향으로 나아가야겠지만 섣부른 고백은 위험해. 찬찬히 지켜보면서 네가 더 멋있는 사람이 되도록 노력한다면, 상대방이 오히려 너를 다시 보면서 다가올 수도 있지 않을까? 이런 방법도 좋은 것 같아. 그리고 네가 성장하고 안목이 높아지다 보면, 과거에 사랑의 열병에 빠진 것이 어느 순간 유치해질 수도 있어. 왜냐하면 네가 변하면 세상도 변해 보이기 때문이야.

 삼각관계가 되었어요. 어떻게 하면 좋을까요?

드라마에서만 삼각관계가 있는 건 아니야. 현실에서도 한 남자를 두 여자가 좋아하기도 하고, 한 여자를 두 남자가 좋아하기도 해. 아니면 내가 좋아하는 여자 친구를 내 친구도 좋아하거나. 이런 복잡한 일들이 벌어지기도 하지. 사랑을 택하면 우정이 울고, 우정을 택하면 사랑이 울어. 이럴 때 내가 해줄 수 있는 말은 솔직히 별로 없어. 다만 한 가지 확실한 건, 서로 마음을 터놓고 얘기해 보라는 거야. 속으로만 어쩌지 하고 고민하지 말고 사랑하는 사람, 그리고 사랑을 놓고 다투는 사람한테 이야기해 보는 거지. 그리하여 방해받지 않고 단둘이서 서로 마음을 털어놓고 감정을 보여 주고 소통한다면 의외로 쉽게 문제가 풀릴 수도 있어. 혹시 상대방의 감정을 알게 되면 우정으로 사랑의 자리를 채울 수 있고, 반대로 사랑이라면 우정을 접을 수도 있어. 그것이 진정 아름다운 관계거든.

우정이냐 사랑이냐, 이름만 다를 뿐이지 사실은 누군가를 좋아하는 호감이라는 점에서는 공통적인 감정이야. 인간은 끊임없이 누군가를 좋아하는 마음을 갖게 되어 있어. 근본적으로 외로움을 가진 존재이기 때문에 새로운 사람들을 만나고 싶어 해. 혼자서는 살아갈 수 없는 사회적 존재이기 때문이야. 그래서 필요한 게 바로 배려란다. 상대방의 입장이 되어 보는 것, 그리하여 상대가 정말 간절히 원하는 것을 위해 내가 무언가 양보할 수 있는 마음이 바로 인간이 지닌 위대함이란다. 건전한 이성 교제는 이러한 것을 경험하게 만들기 때문에 영혼을 살찌우고 성장시켜 줘.

사랑은 모든 것을 줄 수 있는 마음이잖아. 성경에도 나오듯이 사랑은 오래 참고 온유하며, 성내지 않는 것. 그렇기 때문에 누군가를 좋아하고 사랑한다면 진심으로 그 사람을 위해서 무언가를 해 줄 수 있는 마음을 가져야 해. 건전한 이성 교제를 통해서 배려심을 갖게 되고, 사람에 대한 이해가 더 깊어질 수 있다면 너희들 모두 사랑을 해 봤으면 좋겠어!

### 심훈의 《상록수》

1935년 동아일보사 주최 창간 15주년 기념 장편소설 공모 당선작이다. 시대적으로는 지식인들이 민중 속으로 돌아가자는 '브나로드 운동'이 벌어질 때 나온 작품이다. 일제강점기에 농촌 계몽을 강조하고 민족주의를 고취시키는 작품으로 주인공인 박동혁과 채영신의 만남은 우정이면서 동시에 사랑이었다. 목숨을 걸고 농촌 계몽에 헌신하는 이들의 힘은 바로 거기에서 솟아났다. 남녀의 우정과 사랑은 이처럼 강한 힘을 발휘하기도 한다.

1953년에 간행된 표지.ⓒ 한국학중앙연구원

### 우정에 대한 고사

고대 아테네에 친구 두 사람이 있었다. 그 이름은 다몬과 핀티아스. 다몬은 폭군을 죽이고 후임자인 독재자에게 사형을 언도받아 수감되고 말았다. 죽을 날만 기다리던 다몬은 죽기 전에 멀리 떨어져 있는 가족을 만나 마지막 인사를 하고 싶었다.

하지만 독재자가 그를 도와줄 리는 없었다. 다몬은 할 수 없이 친구인 핀티아스에게 부탁을 한다. 핀티아스는 자신의 목숨을 담보로 친구 대신 감옥에 갇히고 다몬은 가족을 만나러 떠나게 된다. 사형 집행 전까지 돌아오겠다고 약속을 하고 떠난 다몬은 시간이 다 되도록 돌아오지 않는다. 마침내 핀티아스가 죽기 직전에 다몬은 약속대로 돌아온다. 수많은 난관과 우여곡절 끝에 간신히 약속 시간에 맞춰 돌아온 것이다. 이들의 우정에 감동한 독재자 디오니시오스는 두 사람에게 자신을 친구로 받아 달라고 부탁한다.

## 춘향전

〈춘향전〉은 숙종대왕 시절 전라남도 남원에 살았던 퇴기 월매의 딸 춘향과 남원부사 아들 이몽룡의 러브 스토리다. 어느 봄날 광한루에 올라 봄 경치를 구경하던 이몽룡이 그네 타는 춘향을 보고 첫눈에 반한다. 그날 밤으로 춘향을 찾아가 백년해로를 약속하고 날마다 만나 사랑을 속삭이는 내용이다. 당시 그들의 나이는 열여섯. 요즘으로 치면 사고를 친 비행 청소년인 셈이다.

허락 없이 젊은 남녀가 몰래 만난 것은 결국 큰 문제를 일으키니,

《춘향전》 한글 영인본           춘향의 영정

이몽룡은 춘향을 책임지지 못하고 과거 시험을 보러 서울로 떠나 버린다. 남원에 혼자 남은 춘향은 새로 부임한 사또 변학도의 수청을 강요받는다. 우여곡절 끝에 이몽룡이 암행어사가 되어 돌아옴으로써 이야기는 해피엔드로 끝나지만 조선 시대에도 이처럼 청소년이 성적인 문제를 일으키면 해결하기가 쉽지 않았다. 하지만 〈춘향전〉은 지고지순한 두 사람의 사랑에 초점이 맞춰져 우리의 대표적인 고전 문학이 되었다.

### 사랑에 대한 격언

사랑으로는 충분하지 않아요. 사랑은 고대 주춧돌이 되어야지 완성된 구조물이 되어서는 안돼요. 사랑은 너무나 잘 휘어지고 구부러지기 쉽거든요.

-베티 데이비스

정열적인 사랑은 빨리 달아 오른 만큼 빨리 식는다. 은은한 정은 그보다는 천천히 생기며 헌신적인 마음은 그보다도 더디다.

-로버트 스턴버그

### 우정에 대한 격언

벗이 네게 화를 내거든 너에 대해서 친절을 베풀 기회를 만들어 주어라. 그러면 그들의 마음은 풀릴 것이며, 다시 너를 사랑하게 될 것이다.

-장 파울

속으로는 생각해도 입 밖에 내지 말 것이며, 서로 사귐에는 친해도 분수를 넘지 말라. 그러나 일단 마음에 든 친구는 쇠사슬로 묶어서라도 놓치지 말라

-셰익스피어

공기와 빛과 친구의 우정, 이것만 남아 있으면 실망할 것이 없다.

-괴테

### 8장

# 성적인 호기심과
# 욕구 때문에 괴로워요

＊

내가 고등학교 2학년 때 일이었어. 우리 반에는 소위 날라리라고 불리는 녀석이 하나 있었지. 이 녀석은 공부와는 담을 쌓은 듯했어. 이미 1학년 때 정학도 한 번 받았던 녀석이야. 나는 이 녀석과 체육 시간에 우연히 이야기를 나누게 되었어. 체육을 할 수 없었던 나는 매번 교실을 지키곤 했는데, 이 녀석도 체육 수업을 땡땡이 치고 교실에 남은 거야. 그러다 보니 나와 이런저런 이야기를 하게 되었지. 그런데 녀석이 놀라운 이야기를 하는 거야. 자기가 정학 당한 이유가 무단결석을 하고 여학생과 함께 3박 4일 동안 제주도에 여행을 갔다 왔기 때문이래. 나는 조심스럽게 물어봤지. 여학생과 같이 잤느냐고. 녀석은 어이가 없다는 듯이 나를 쳐다봤어. 그런 당연한 질문을 왜 하느냐는 표정이었어. 나는 녀석의 당당한 태도에 깜짝 놀랐어. 과연 학생이 저래도 될까 하는 걱정이 되었지. 지금도 그렇지만 당시에는 더욱 엄격하게 그런 일탈이나 방종은 절대 허용할 수 없었기 때문이야.

 하지만 가끔 성적 욕구를 누르기 힘든 경우가 있어요. 제가 너무 성을 밝히는 아이일까요?

청소년 시기에 성적 욕구가 강한 것은 지극히 정상이야. 절대 이상하거나 도덕적이지 못한 현상이 아니란다. 넘치는 성욕을 스스로 풀기 위해 남학생은 자위행위나 몽정을 하는 경우가 많아. 자위는 몸이 성장하고 발육을 하는 데 따라 생기는 자연스러운 생리 현상이야. 몽정도 마찬가지고. 자신도 모르게 몸 안에 쌓인 정액을 자극적인 꿈을 통해 배출하는 자연스러운 과정이지. 그러니까 그걸 하는 것 자체로 이상하다고 생각하거나 부끄러워할 필요는 없어. 여학생들도 남학생과 정도는 다르지만 성에 대한 호기심이 커지는 시기야. 성에 대한 책이나 영화를 몰래 보기도 하고.

이런 생각이나 행동에 지나치게 죄책감을 가질 필요도 없어. 이건 성인이 되는 자연스러운 과정이기 때문이야. 하지만 뭐든 과유불급이라고, 지나치면 좋지 않지.

자위는 왜 자꾸 하게 되는 거죠? 제 자신이 부끄러운 생각이 들어요.

성행위를 하는 중요한 이유가 있지. 성행위라는 것은 새로운 생명체를 잉태시키기 위한 거잖아. 이를 위해선 남자의 정자가 여자의 난자와 결합해서 수정을 해야 한다는 건 다 알잖아. 정자가 난자까지 가는 과정은 사람으로 치면 목적지까지 며칠간을 쉼 없이 걸어서 가는 것이나 다름없어. 그러려면 굉장히 강한 체력을 가진 정자가 필요해. 남자의 몸 안에서는 그런 정자들을 계속 만들어. 그런데 정자가 미처 바깥으로 나가지 못하고 몸 안에 계속 쌓이면 생명력이 약해지는 거지. 인간의 종족 보존 본능에 따라 항상 몸 안에는 활기찬 정자가 대기하고 있어야 해. 그러다 보니 충동적으로 자위를 통해서라도 정자를 배출하도록 몸이 만들어진 거야. 한마디로 자위는 보다 나은 생명체를 만들기 위한 우리 인체의 신비라고 할 수 있어. 인류 생존을 위한 지극히 자연스러운 현상이야.

 그러면 자위를 많이 해도 괜찮나요? 자위를 통해서 성욕을 해소하는 게 더 안전하겠죠?

글쎄, 자위행위가 생리적으로 필요하기는 하지만 많이 해도 괜찮다고 말하기긴 좀 곤란해. 남자의 정자는 발육과 밀접한 관계가 있거든. 특히 신장 기능과 관계가 깊지. 그렇기 때문에 과도한 자위행위로 인해 정자를 지나치게 많이 배출하면 대개 성장에 방해가 돼. 생각해 봐. 정자는 단백질이잖아. 그래서 큰 키와 건장한 체격을 갖고 싶다면 지나친 자위행위는 좋지 않지. 차라리 그 시간에 운동을 하거나 땀을 흘릴 수 있는 다른 일을 하는 게 좋아. 그러면 근육이 발달되고, 자위를 하고 싶다는 욕구에서도 벗어날 수 있어. 자위나 몽정을 한 다음에 생기는 수치심이나 죄책감이 해소되기도 하지.

 여학생들은 남학생들과 조금 다르잖아요. 여학생들이 조심해야 할 부분은 뭔가요?

음, 좋은 질문이야. 남자와 여자는 완전히 다른 동물이지. 그 사실을 먼저 알아야 해. 남자들은 꼭 사랑하는 사람이 아니더라도 성관계를 할 수 있어. 하지만 여자들은 약간 달라. 사랑하는 사람에게만 성적인 관계를 허용하는 성향이 있지. 이것이 바로 남자와 여자가 '성'을 대하는 태도에서 근본적으로 다른 점이야. 남자의 사랑한다는 말에 속아서 여자들이 순결을 바치게 될 위험이 커. 그렇기 때문에 남자들이 순전히 성적 욕망을 채우기 위해 사랑한다고 거짓말을 하는지 잘 구분

해야 해.

남자들은 대부분 그런 존재라는 사실을 알고 좀 더 신중하게 판단하고 행동하길 바랄게. 행여 남자 친구의 욕구를 거절하면 곁을 떠나 버릴까 걱정할 필요도 없어. 오히려 성 문제에 대해 당당하고 소신 있게 행동하는 모습이 더 매력적으로 느껴질 테니까. 청소년으로서 지켜야 할 선을 지킬 수 있도록 남자 친구와 대화를 나누고 약속을 하는 것이 좋아.

 여자들만 조심하는 건 불공평해요. 남자아이들도 조심해야죠.

맞아. 성에 대한 건 서로 약속하고 합의해야 해. 무엇보다 사랑하는 마음만큼 상대방을 소중히 지켜 주겠다는 생각을 가지는 게 중요해. 이건 단순히 여자아이들이 조심한다거나 남자아이들을 타일러서 되는 건 아니야. 순간적인 욕망을 참지 못하고 실수를 하면 그것 때문에 짊어져야 할 현실적인 문제와 책임이 엄청나다는 사실을 기억해야 해. 결과적으로 그 때문에 둘의 관계가 멀어지거나 서로의 삶이 힘들고 왜곡될 수도 있다는 걸 명심하길 바란다. 상대방을 정말 사랑한다면 성인이 될 때까지 소중하게 지켜 줘야 하지 않겠니?

제가 아는 한 아이는 자기가 좋아하는 남자 애랑 결혼할 거라며 이미 성관계를 맺었대요. 그러면서 대학 가면 바로 결혼하겠다고 해요.

글쎄, 본인들은 그것이 아름다운 사랑이고 어른이 돼서도 변함없을 것이라고 생각하겠지? 성춘향과 이몽룡도 16세에 만났고, 옛날엔 다 일찍 결혼해서 애 낳고 잘 살지 않았냐고 말하겠지. 그러나 중요한 것은 너희들은 지금 성장 과정에 있고, 따라서 아무것도 스스로 책임질 수 없다는 사실이야. 미혼모들이 어려운 상황에 처하는 건, 본인이 오롯이 책임질 능력이 없는데 모든 것을 떠안기 때문이야. 이것이 순간적인 충동으로 성적 금기를 넘어섰을 때에 겪게 되는 혹독한 결과란다. 성폭력 같은 불행한 이유로 미혼모가 된 경우도 있으니 모두 같은 경우라고 말할 수는 없겠지. 하지만 어떤 경우든 책임을 져야 하는 부분이 생겨.

내가 어렸을 때 큰삼촌이 군인이었는데 지방에서 복무했어. 하루는 큰삼촌이 작은삼촌에게 보낸 편지를 우연히 보게 되었어. 나는 글로 된 건 다 읽고야 마는 호기심이 있었거든. 아, 그런데 거기엔 충격적인 내용이 담겨 있지 뭐야. 당시 총각이었던 큰삼촌이 실수로 아이를 낳았다는 거야. 깜짝 놀란 나는 아버지에게 이 사실을 알렸고, 아버지는 노발대발해서 큰삼촌을 집으로 불렀어. 그런데 글쎄, 큰삼촌이 아기 엄마(지금의 숙모님)와 아기까지 데리고 온 거야. 그걸 보고 나는 깜짝 놀랐어. 결혼도 안 했는데 아이가 생기다니 이상하기만 했지. 아버지에게 야단을 된통 맞은 후 큰삼촌은 마침내 결혼 허락을 받았지. 큰삼촌은 그때 곧바로 결혼해서 아이를 셋이나 낳고 지금은 화목한 가정을 꾸리고 있단다.

그런데 우리 큰삼촌의 처지는 미성년자와는 달랐어. 큰삼촌은 이미 직업 군인으로서 월급을 받고 있었고, 성인으로서 자신이 저지른 일을 책임질 수 있는 입장이었지. 성인이기 때문에 자기가 한 일을 책임질 수 있으므로 결과적으로 누구도 뭐라 할 수 없어. 하지만 청소년이 너무 일찍 성관계를 맺으면서 미래에 대한 준비를 소홀히 하거나, 그러다가 임신까지 하게 되면 그건 정말 스스로 책임지기 힘든 일이야. 어떤 경우 수술을 하거나 학업을 중간에 포기하는 경우도 생기지. 아기를 낳는다 해도 부모님께 경제적인 지원을 받거나 부모님이 아기를 대신 키워 주기도 하고. 그처럼 자기 자신뿐 아니라 부모님과 가족의 삶에까지 영향을 끼치게 되는데, 이런 점을 어른들은 안타까워하는 거지.

 여러 가지 문제가 생길 수 있다는 거 알아요. 하지만 순간적인 유혹에 넘어갈 것만 같아요.

남자들은 아주 충동적으로 여자한테 성관계를 요구해. 앞에서도 이야기했지만 한창 성장기에 있는 남자들은 늘 성적인 에너지가 넘치거든. 물론 여학생도 성적인 에너지가 있지. 그건 인간의 본능이니까. 남자를 보면 가슴이 설레고, 로맨틱한 상상을 하면서 성에 대한 환상을 품지. 하지만 남자들만큼 적극적인 행동으로 옮기거나 요구하진 않잖아.

무엇보다 잘못된 성의식도 문제가 심각해. 남자들의 세계에서는 많은 여자들과 성행위를 했다는 남자를 은근히 남성답다고 쳐주는 잘못된 인식이 있단다. 그러다 보니 어떤 남자들은 자신의 남성성을 과시하기 위해 더더욱 섹스를 바라는 거지.

하지만 여자들은 달라. 우리 사회가 성에 대해 예전보다 많이 개방되었다고 해도 아직 여성들에게만은 남성보다 훨씬 엄격하고 보수적인 잣대를 들이대거든. 그래서 여성들의 혼전 성경험이 자칫하면 결혼 생활에도 문제를 일으키는 경우가 생긴단다. 여자의 과거 성경험이 있느니 없느니 하는 다소 진부하지만 현실을 부정할 수 없는 이야기가 드라마나 소설에도 많이 나오잖아. 유명한 고전인 토마스 하디의 《테스》라는 소설이 바로 그래. 주인공 테스는 단 한 번의 혼전 경험을 남편 엔젤에게 고백했다가 끝내 버림받는 여자야. 이건 아주 오래전 소설이라 여자를 자신만의 소유물처럼 생각하는 보수적인 관념이 작용했다고 말할 수 있지. 그런데 그 소설이 나오고도 수백

년이 지난 지금까지 사실 이런 보수적인 생각이 완전히 사라졌다고 할 수 없어. 이런 보수적인 생각과 선입견이 여전히 존재하는 사회를 우리가 살아가고 있다는 사실 잊지 마. 그건 몇백 년을 이어 온 관념이고, 그걸 개인의 힘으로 맞서는 것은 너무나 힘들고 어려운 일이란다. 그래서 성에 대해 진보적인 생각을 가진 사람들이 남녀 평등을 외치며 페미니즘 운동에 앞장서고 있는 거지.

 사실 피임만 잘하면 임신 걱정은 할 필요가 없지 않아요?

임신만 피하면 괜찮다는 생각은 참으로 위험해. 100% 완벽한 피임법은 아직 개발되지 않았어. 이것도 자연의 섭리야. 여자들이 생리 불순을 겪는 이유가 뭘까? 생리 기간이 일정하다면, 그걸 철저히 피해서 관계를 맺을 수 있기에 절대 임신이 되지 않지. 하지만 자연은 그렇게 되길 원치 않아. 종족 보존을 위해 어떻게든 임신할 가능성을 높이게 만들어 놨어. 간혹 찾아오는 생리 불순으로 인해 불규칙적으로 생리 주기가 변하는 건 이 때문이야. 결국 본인의 생리 주기를 스스로도 완전히 통제할 수는 없는 셈이야.

그렇기 때문에 성적 충동이 일어날 만한 상황은 아예 피하는 것이 좋아. 예를 들면 어른이 없는 집에 이성 친구와 단둘이 있는 건 아주 위험한 상황이야. 단순한 포옹이나 키스 정도는 괜찮다고 생각할지 모르지만 그것 때문에 더 큰 욕망을 불러일으키게 돼. 그렇게 피어난 걷잡을 수 없는 욕망으로 인해 돌이킬 수 없는 사건이 생길 수 있어.

둘이 으슥한 곳으로 다니거나 사람 없는 곳에서 만나는 행동 역시 위험해. 그렇기에 청소년기에는 진정으로 건전한 교제를 하고, 책임질 수 있는 나이가 될 때까지 기다려 줄 수 있는 좋은 이성 친구를 사귀어야 해. 그게 아니라면 그냥 단순한 친구로 남는 것이 좋아.

자신의 욕망을 이성적으로 억제할 수 있는 사람이 청소년 중에서 얼마나 될까? 그건 어른들에게도 힘든 일이거든. 혹시 자신의 욕망을 감추지 못하고 자꾸만 집요하게 성관계를 요구하는 남자 친구가 있다면 분명 너를 책임질 수 없는 사람일 가능성이 커. 진정 상대방을 사랑한다면 기다려야 해. 기다리고 조심하고 소중히 여겨 줘야 하는 거지.

 우연히 부모님이 성관계하는 걸 본 적이 있어요. 그렇게 해서 저를 낳았다는 생각을 하니 징그러웠어요.

간혹 청소년들이 어쩌다 엄마와 아빠의 성행위를 목격하는 경우가 있어. 당연히 충격을 받을 수 있지. 하지만 부모님의 성행위는 정당하고 당당한 거야. 그 책임을 결혼과 양육이라는 형태로 지금도 계속해서 지고 있는 거지. 너희들도 그런 책임 아래 잘 자라나고 있는 거야. 부모님의 섹스는 서로 사랑하는 사람이 할 수 있는 사랑스러운 행위야. 엄마와 아빠가 섹스를 통해 사랑을 확인하는 것이 가정의 평화와 행복에 도움이 되지. 애정이 아직 식지 않았단 의미거든. 그리고 그걸 보고 자란 아이들도 결혼한 사람과는 언제든지 사랑과 열정을 공유할 수 있음을 배우는 거니까 행위만을 놓고 나쁘게 생각할 필요는 없어.

 그럼, 성에 대해 우리는 어떤 생각을 가져야 하나요?

자, 이쯤에서 슬슬 이야기의 결론을 내야 할 것 같아. 사람들은 성적인 충동과 욕망에서 자유로울 수 없어. 특히 청소년기의 성욕은 왕성하기 그지없지. 하지만 청소년기는 미래를 준비하는 시기고 책임질 수 있는 위치에 설 준비를 하는 시기이기도 해. 지금 정말 좋은 이성 친구를 만났다면 건전하게 교제하면서 서로 격려해 주는 관계가 되길 바랄게. 같이 공부를 하거나 꿈을 향해 나아갈 때 의견을 나누기도 하고 힘이 되어 주기도 하며 힘든 청소년기를 버티는 계기로 삼았으면 좋겠어. 그렇게 오랜 기간 사귀다 보면 정말 그 친구가 나의 배필이 될 수도 있는 거고. 실제로 초등학교 동창이나 중학교 동창끼리 결혼하는 경우도 많아. 그만치 큰 인연이기 때문이야.

하지만 계속 강조하는데, 단순히 육체적인 욕망에 따르지 않도록 조심해. 책임질 수 없는 결과를 만들게 되고 결국 그 피해는 너는 물론 상대방과 가족까지 불행하게 만드니까. 행복해질 준비를 해야 할 시기에 불행을 잉태하는 것은 옳지 않아.

만약 정말 피치 못할 상황이 생기면 그때는 확실하게 임신을 피할 수 있는 피임법을 상대에게 당당히 요구할 수 있어야 해. 그럼으로써 더 큰 불행을 막았으면 좋겠어. 욕망은 순간이지만 이성과 지혜는 오래 간다는 걸 잊지 마. 이성의 힘은 강해. 나 자신을 지키고 보호해 주는 것은 이성이고 냉철한 지성이라는 걸 머리에 새기면서 건전한 이성 교제를 했으면 좋겠어.

### 테스의 스토리

테스는 아름다움과 순수함을 동시에 지닌 여인이다. 테스는 철없던 시절에 한 남자에게 빠져 순결을 잃고, 아이까지 갖게 되면서 미혼모의 신세로 전락한다. 아이는 죽고 정말 사랑하는 남자를 만나 결혼하게 된 테스트는 첫날밤 자신의 과거를 털어놓는다. 결국 그로 인해 테스는 버림받고 불행한 삶을 살아간다.

한 번의 실수와 한 번의 잘못된 고백이 여인의 삶을 얼마나 큰 불행에 빠뜨리는지 잘 알 수 있다.

영화 포스터 버전

### 청소년의 성욕

성적인 충동이 가장 강한 시기가 바로 청소년기다. 이 강한 충동은 자칫하면 사춘기 청소년들의 사고와 행동에 커다란 영향을 미쳐 삶의 방향을 크게 바꾸기도 한다. 이 시기에 자연스러우면서도 급박하게 일어나는 성충동은 비정상적으로 강렬하다. 그러나 이것은 인간의 원초적인 충동이고 본능에서 비롯된 것이기에 욕구를 조절하거나 충족시키기 어렵고 누구도 도와줄 수 없다.

이로 인해 순결을 유지하기가 어려워지기도 하며 자칫하면 범죄나 일탈과 연관되기도 한다. 그러므로 성적 충동을 다른 식으로 풀 수 있는 스포츠나 신체적 활동이 꼭 필요한 시기라 하겠다.

### 책임

가족을 책임지는 것에 대한 가장 가슴 아픈 이야기로는 〈이노크 아덴〉이 있다.

미국의 바닷가 마을에 어린 아이 셋이 친구로 지냈다. 용기 있고 씩씩한 아이 이노크 아덴, 부잣집 아들인 필립, 그리고 두 아이 사이에 있는 여자 아이 애니. 이들 셋은 단짝이 되어 항상 바닷가에서 어울려 놀며 자라나 친구 사이를 넘어 사랑하는 관계로 변화했다.

애니는 어부가 된 이노크와 결혼하고, 필립은 아버지의 사업을 이어받았지만 애니를 잊지 못해 결혼도 하지 않고 혼자 살았다. 이노크와 애니는 아이 셋을 낳아 길렀지만 생활은 점점 어려워졌다. 어느 날 큰돈을 벌기 위해 이노크는 먼 바다로 나가지만 결국 풍랑을 맞아 배가 침몰하고 만다. 다른 선원들은 다 죽고 이노크만 작은 무인도에 닿아 목숨을 건지게 된다.

남겨진 애니는 아이들과 함께 3년을 기다렸지만 이노크가 돌아오지 않자 필립의 청혼을 받아들여 결혼을 하게 되었다. 이들은 새롭게 가정을 꾸려 걱정 없이 행복한 나날을 보냈다.

한편 무인도에 갇혀 있던 이노크는 우여곡절 끝에 10년 만에 고향으로 돌아왔다. 그러나 동네 사람들은 아무도 그를 알아보지 못했다. 이노크가 간신히 필립의 집으로 찾아가 유리창 너머로 들여다보니 집 안 풍경이 너무나도 행복해 보였다. 이노크의 가족들은 새로운 남편이며 아버지가 된 필립과 행복한 시간을 보내고 있었던 것이다. 이노크 아덴은 눈물을 흘리며 그들의 행복을 깨지 않기 위해 조용히 빠져나와 아무도 모르는 곳으로 떠나갔다. 본의는 아니지만 가족을 끝까지 책임지지 못한 자의 슬픈 말로였다.

### 임신 체험복

일산동구 보건소는 임신 체험복을 중고생들의 임신 출산 수업에 활용할 수 있도록 관내 중고등학교에도 빌려주고 있다고 한다. 이는 약 10kg 정도

**간접 임신 체험이 가능한 조끼**

되는 입는 옷이다. 임신과 출산에 대한 공감대를 형성하고, 임신부들은 신체적으로 얼마나 힘들고 어떤 변화를 겪는지를 알고 배려할 수 있게 했다. 이걸 입어 보면 임신부의 신체 변화를 간접적으로 체험해 볼 수 있다.

## 청소년 미혼모 문제

청소년 미혼모의 가장 큰 문제는 육아 때문에 학교를 다니지 못하게 된다는 점이다. 학교를 다니지 못하게 되면 장차 직장을 얻기도 쉽지 않다. 아기를 낳아 기르며 변변한 직장까지 얻지 못하면 삶을 영위할 경제적인 능력을 가질 수 없다. 생활하는 데 가장 절실한 것은 수입이기 때문이다. 학업을 끝까지 마쳐야 할 이유가 바로 여기에 있다.

하지만 대개의 미혼모들은 학업에 대한 의지가 있어도 자퇴나 휴학 등을 하게 되고, 그 때문에 직업을 구하기 어려운 악순환이 반복된다. 학교에서는 학생으로서 품행이 바르지 못하다는 이유로 반강제적으로 학교를 그만두게 만들기 때문이다. 간혹 임신하고 출산한 뒤 학교로 돌아가는 학생이 있지만 그것은 임신 사실을 처음부터 숨겼을 때만 가능하다. 학교 측에 알려질 경우에는 100% 자퇴를 요구받게 된다.

미혼모가 발생하면 적극적으로 돕고 지원해야 하지만 무엇보다 그 전에 성에 대해 지켜야 할 선을 넘어 불행한 사태가 벌어지지 않도록 하는 것이 중요하다.

### 9장

가족 문제로 고민이에요

＊

 

나는 부모님을 기쁘게 해 드리면서 나의 꿈을 실현하기 위
해선 열심히 공부하는 길밖에 없다는 걸 일찍 깨달았지. 늘 최
선을 다해 공부했고, 덕분에 나쁘지 않은 성적을 죽 받았단다.
그런데 나에게는 두 살 어린 동생이 하나 있었어. 이 녀석은 집
에서 조금 먼 학교를 다녔는데, 우리 집의 골칫거리였어. 그런
데 이 녀석이 담배를 피우다가 어느 날 발각된 거야. 부모님은
동생을 때리기도 하고 어르기도 하며 여러 방법으로 담배를
끊게 하려고 애를 썼어. 하지만 결국 동생은 담배를 끊지 않았
고, 지금까지도 담배를 피우고 있어.

그 무렵 우리 집은 동생 때문에 분위기가 좋지 않았어. 어떤
일로든 다툼이 일어나거나 말썽이 생기면 집안 분위기가 냉랭

해지곤 했지. 게다가 군인 출신인 아버지는 자식을 훈육하기 위해선 폭력도 불사하는 분이었어. 그러다 보니 분위기는 더욱 험악해졌고 어머니가 온몸으로 아버지를 막아서다 부부 싸움으로 번지는 일도 비일비재했어.

그때 나는 생각했지. '가족끼리 행복하게 살 방법은 없는 걸까?', '우리 가족이 화목하게만 살 수 있다면 나는 좀 더 열심히 공부할 텐데.' 물론 지금은 다 지난 이야기지만, 그땐 정말 심각한 고민이었단다.

 누구나 화목한 가족을 꿈꾸죠. 그런데 가족 구성원에게 문제가 있을 경우에는 가족 전체가 불행해지는 것 같아요.

대개 그런 생각을 하지. 우리가 생각하는 화목한 가정은 어떤 이미지일까? 아빠는 회사에서 돈을 벌어 오고, 엄마는 집에서 살림을 하고, 아이들이 학교에 갔다 오면 엄마가 따뜻하게 맞아 주고, 식사 시간에 가족들이 도란도란 둘러앉아 맛있게 밥을 먹고. 흔히 이런 모습이 따뜻한 가족의 풍경으로 떠오르지. 그런데 과연 이런 가정의 이미지가 가장 정상적이고 모범적일까? 꼭 그렇지는 않아.

가족은 반드시 혈연으로 뭉친 사람들로만 이루어진 것은 아니야. 혈연 이외에 다양한 방식으로 모인 사람들도 가족이라고 할 수 있지. 예를 들어 입양이 있고 그밖에도 동거하는 남녀도 가족이고, 한집에 여러 사람이 모여 살며 주방이나 거실을 공동으로 사용해도 가족이라고 할 수 있지. 그러니 우리 마음속에 있는 가족의 고정적 틀을 고집할 필요는 없어. 만일 그 틀에 집착하면, 틀이 조금이라도 무너지는 순간 불행하다고 느끼게 되거든.

 요즘은 엄마, 아빠와 같이 살지 않는 경우도 많은 거 같아요. 그러면 아이들이 괜히 놀리거나 이상한 눈으로 보기도 해요.

지방에 강연을 다니다 보면 시골에 있는 학교도 많이 가게 돼. 거기서 만나는 학생들 중에선 부모님 없이 할머니, 할아버지와 함께 사는 경우가 많아. 그런 아이들의 얼굴은 대개 어두워. 그럼 난 그 아이들에게 이야기한단다. 꼭 엄마, 아빠와 살아야만 정상적인 가족은 아니라고. 할아버지와 할머니가 가족이 될 수도 있고, 애완견도 가족이 될 수 있을 뿐만 아니라 전혀 모르는 낯선 사람도 한집에 살면서 밥을 먹고 서로를 아껴 주면 그것이 바로 가족이라고. 현대적인 가족의 개념은 이렇게 많이 바뀌고 있으니 너희도 알고 받아들여야 해.

그럼, 부모와 아이가 함께 사는 일반적인 집은 얼마나 될까? 생각보다 많지 않아. 요즘 들어 1인 가구가 많이 생겨 주목받고 있잖아. 어느 경제연구원의 발표에 따르면 2035년에 1인 가구는 763만 개로 전체 가구의 34.3%를 차지할 거래. 1인 가구는 2000년에 226만 가구에서 2015년에 506만 가구로 15년 사이에 2.2배 증가했어. 그렇기 때문에 가족의 형태를 다양하게 놓고 본다면 엄마, 아빠와 아이들이 도란도란 행복하게 산다는 것은 일종의 허황된 로망이라고 할 수도 있어.

내 경우만 봐도 부모님 밑에서 형제들과 살았지만 늘 행복한 건 아니었어. 동생들이 문제를 일으키기도 하고, 내가 문제를 만들기도 하고, 부모님이 다투기도 하면서 매일 티격태격했어. 어떤 때는 정말이지 집을 나가고 싶은 생각이 들기도 했단다. 우리가 가족 관계에서 상처를 받고 아픔을 겪는 건 전형적인 가족의 모습을 무의식 중에 그려 놓고 있기 때문이야. 거기에 맞는 이상적인 가족이 얼마나 있겠어?

더구나 이젠 시대가 변했기 때문에 그러한 형태의 가족은 점점 줄어들고 있는 추세란다. 우리 집만 봐도 자식들이 다 뿔뿔이 공부하러, 직장 생활하러 타지로 떠나 있지. 온 가족이 모여서 밥을 먹은 지가 몇 년이나 됐는지 기억나지 않을 정도야.

그렇기 때문에 '이상적인 가족'의 모습을 기준으로 자신을 비참하게 만들 필요는 전혀 없단다. 네가 할머니와 살든, 고모나 이모와 살든, 혹은 따로 떨어져 나와 자취를 하든 그게 다 가족의 한 형태인 거야. 더욱이 가족은 잠시 흩어졌다가 다시 만나기도 하니까. 열심히 공부해야 할 시기에 그런 문제로 고민하며 넋을 놓고 있다간, 나중에 정말 가족들이 합쳤을 때 자신의 역할을 다 하지 못하는 일이 생길 수 있어.

 하긴 그래요. 부모님하고 산다고 꼭 좋은 건 아니에요. 너무 잔소리가 심해요.

하하, 그래. 부모님은 자식들에게 사랑을 표현하는 방법으로 잔소리를 하지. 옷차림이 그게 뭐냐고 간섭하고, 새로운 친구를 사귀면 공부는 잘하는 애냐, 아버지는 뭐 하시냐 등 꼬치꼬치 캐묻고 사귀어라 마라 참견하지. 모든 기준이 엄마와 아빠의 눈높이야. 하지만 그건 부모님 자신이 살아 본 경험에서 나온 것이기 때문에 꼭 잔소리로만 치부할 필요는 없단다. 좋은 이야기는 새겨들으면 되니까. 다만 잔소리가 심해지면 너희가 마음에 상처를 입게 되니 문제야. 이럴 때는 화가 나고 반항도 하고 싶겠지만 부모님 입장에서 다시 한 번 생각해 봐. 엄마와 아빠가 너에 대한 사랑을 표현하는 방법을 잔소리밖에 몰라서 그렇다고.

사실 자식들과 대화를 하며 제대로 소통할 수 있는 부모는 그리 많지 않아. 그만큼 세대 차를 뛰어넘어 진솔하게 대화하기가 쉽지 않거든. 그런 상황은 고려하지도 않고 부모님과는 대화가 안 된다며 마음의 문을 꽁꽁 닫아 버리지는 마. 잔소리는 엄마와 아빠가 너에게 하는 나름대로의 소통 방식이라고 생각해 주면 안 될까? 다만 너에 대한 걱정과 사랑이 잔소리로 나오는 것일 뿐이라고. 그 잔소리 덕분에 너희가 조금 변화하는 모습을 보여 주면 더욱 좋지.

사실 부모님이 너희한테 사랑과 관심이 없다면 잔소리를 할 이유가 없어. 비행을 저지른 아이들은 경찰서에서 부모를 불러도 오지 않는 경우가 많아. 그런 자식을 둔 적이 없다, 오래전에 손들었다면서 외면해 버리는 거지. 그렇게 되면 얼마나 불행하겠니? 그에 비하면 부모님이 잔소리도 하고 관심을 갖는 것은 참 행복한 거야. 부모마저 내팽개친 아이들은 되레 부모의 잔소리 한번 들어 봤으면 좋겠다고 생각하지 않을까?

 하지만 부모님의 기대 때문에 부담감이 너무 커요. 좋은 대학에 가라든가, 돈 많이 벌라든가.

앞서도 계속 말했지만 부모들은 자녀에게 기대가 크지. 그러니까 간섭도 하고 잔소리도 하는 거야. 부모들은 자기가 이루지 못한 것에 대한 한이 있거든. 그래서 자식들이 대신 이루어 주기를 바라는 마음을 가질 수 있어. 자연스럽게 자식에 대한 기대는 더욱 커질 수밖에. 시험 성적이 나쁘면 야단을 치고, 조금만 말을 안 들어도 잔소리를 하는 데엔 분명히 그런 요인도 있어. 그러면서 부모님이 '오로지 너만 보고 산다.'는 얘기를 하면 자식 입장에선 큰 부담이지. 자식은 부모의 소유물이 아니라 별개의 인격체인데 그걸 착각하는 거지. 한동안 같이 살고 키워 주더라도, 어느 순간이 되면 자식이 스스로 판단해서 자신의 길을 가도록 해 주어야 하는데 부모로서 그건 참 어려운 일이야.

 왜 부모들은 자식을 자기 소유물처럼 생각하는 거죠? 우리도 나름대로 생각이 있고, 곧 어른이 될 정도로 성장하고 있는데도요.

애들아, 생각해 보면 부모님도 자식을 처음 키워 보는 거란다. 너희들 위에 형이나 누나, 언니나 오빠들이 몇 명이 있더라도 부모로서의 경험이 풍부하진 않아. 경험이 많지 않은 부모 노릇인데 당연히 실수도 하고, 잘못도 저지르겠지. 자기 역할에 서툰 부모들도 불안감에 잔소리를 하고 이런저런 채근을 하는 거니까 적당히 귀담아 들어 주면 좋겠어. 그러한 기대를 이해해 주고, 비록 기대에 어긋나게 살게 되더라도 너희가 원하는 것, 너희가 뜻하는 것에서 최선을 다하는 모습을 보여 준다면 부모의 마음도 움직이겠지.

 부모님이 저를 사랑하시는 거 맞을까요? 저를 혼내거나 꾸짖을 때는 우리 부모님이 맞나 싶은 생각이 들기도 해요.

인간 사이에는 정이 있어. 특히 부모와 자식 사이는 정이 더욱 돈독하지. 그런데 정은 또한 쉽게 변질되는 것이기도 하고, 더욱 돈독해지면 신명이 나기도 해. 정이 깊어지면 더 잘해 주고 싶고 그러면서 스스로 즐거움을 찾지. 하지만 정이 배신을 당하게 되면 바로 한(恨)이 되는 거야. 정을 쏟은 사람이 미워지는 거야. 부모가 자식을 미워하는 경우도 그래. 사랑이 없어서도, 정이 없어서도 아니야. 자식이 부모의 마음을 몰라주고 기대에 부응하지 않으니까 미운 마음이 생기는 거야. 이걸 좋은 방향으로 되돌리려면 어떻게 해야 할까? 어느 정도는 부모가 원하는 대로 들어주려는 자식의 태도가 필요해. 부모님 뜻에 맞게 최선을 다해 노력하는 모습을 보여 주고, 그렇게 하다가 성과를 내면 어느 부모든 신이 나는 거야. 밖에 나가서 일을 해도 신이 나고, 집에 와도 늘 즐거운 법이지. 자식이 자신의 정을 받아들여서 잘해 주고 있기 때문이야.

선생님도 어렸을 때 아버지랑 낚시를 간 적이 있어. 내가 먼저 아버지께 낚시를 가고 싶다고 했던 거였어. 한여름이었는데 아버지가 땀을 뻘뻘 흘리면서 나를 업고 근처 저수지로 가셨지. 신나게 놀고 집으로 돌아가던 길에 아버지 등에 업혀 힘들지 않느냐고 여쭤 봤어. 그랬더니 우리 아들을 위해서라면 무엇을 못하겠냐며 가볍게 발걸음을 옮기시던 기억이 나. 이것은 우리 아버지가 아들을 사랑하는 마음에 신나서 하신 행동이었어.

한때 나는 부모님한테 거세게 반항한 적도 있었어. 그때는 '너 같은 녀석을 아들이라고 낳은 내가 잘못'이라며 속상해 하셨지. 어느 것이 내 부모님의 진짜 모습이었을까?

둘 다 내 부모님의 진짜 모습이야. 사랑하는 자식한테 기대와 관심을 주는 것은 당연하고, 그것이 잘못될 경우에 미워하거나 섭섭해하는 것도 당연하단다. 그러니 우리가 할 일은 간단해. 자기 자신에게 부끄럽지 않은 충실한 삶을 사는 것! 충실하게 살고, 목표를 향해 도전하는 모습을 보여 준다면 부모님도 너희와 솔직한 대화를 하게 될 거야. 그리고 지나친 기대는 버리고 너희를 인정하시게 될 거야.

 그런데 부모님이 저랑 오빠를 차별해요. 저보다 오빠한테 더 기대가 큰가 봐요. 오빠를 더 예뻐하는 것 같아요.

열 손가락 깨물어 아프지 않은 자식이 없다는 말이 있지만, 꼭 그렇지는 않은 것 같아. 자식을 키우다 보면 좀 더 기대가 되고 자기랑 성격이 맞는 아이가 있어. 그러다 보니 다른 자식들은 소외감을 느끼지. 이렇게 소외감을 느낀 아이들이 심하면 가출을 하고 여러 가지 엉뚱한 생각을 하는 경우가 잦아. 반항심이 강해지거든.

하지만 가만히 생각해 봐. 앞서도 말했지만 부모와 자식 관계는 일대일의 관계란다. 신명나게 해 주는 자식이 있는 반면에, 한 맺히게 하는 자식이 있어. 그러니 마음이 한쪽으로 더 쏠리는 건 당연하지 않겠니? 그런 상황에서 섣불리 부모가 자신을 차별한다고 원망할 필요는 없어. 어차피 부모와는 함께 살 시간이 그리 많지 않아. 인생을 100년이라고 본다면 부모와 한지붕 아래 사는 시간은 고작 30년도 안 돼. 30년도 안 되는 짧은 시간을 이겨 내지 못한다면 나머지 70년을 어떻게 살겠니? 그러니 부모가 잠깐 섭섭하게 하더라도 너그러운 마음으로 이해하길 바랄게. 세월이 지나면 다 별것 아닌 게 되고, 부모님 마음을 헤아리지 못한 것이 후회가 되기도 하더구나.

 부모님이 저보다 나이도 많으시고 더 어른인데 제가 이해를 하라고요? 오히려 부모님이 서운한 제 마음을 이해해 주셔야 하는 거 아닌가요?

부모와 자식은 피로 이어진 관계야. 잠시 동안 억울하고 분하더라도 부모와 자식 관계를 끊어 버릴 만큼 큰 문제는 아니지. 부모도 부족한 사람이라는 걸 잊지 말아 줘. 부모도 자식을 키우면서 하나둘 배워 가는 거야. 너희들이 대화와 소통을 통해 자식을 처음 키우는 부모를 깨닫게 도와야 해. 그리고 너희들 또한 부모에게서 배워야 해.

부모님이 완벽하다는 생각을 제발 하지 마. 밖에 나가면 부족하고 실수투성이인 사람일 수도 있어. '부모도 부족한 사람이고 나도 부족한 사람이다.' 가족끼리 문제가 생길 때에는 이런 눈으로 부모를 바라봐. 부족한 사람끼리 서로 부족한 부분을 메꾸어 주면 된다고 생각해.

 사소한 잔소리로 크게 마음 상할 때가 있어요.

내가 아는 여중생은 엄마가 평소에 집안을 너무 어지럽히고 청소도 잘 안 해서 화가 난다는 거야. 이 학생이 매우 깔끔한 성격이라 예민할 수밖에 없는 문제겠더라고. 그래서 깨끗한 자기 방 말고 엄마가 주로 쓰는 공간들은 쳐다보기도 싫대. 그래서 매일 엄마와 싸운다는 거야. 내가 얘기했어.

"엄마가 정리를 못하고 부족하다면 네가 좀 하면 되지 않겠니?"

이 학생은 거기까지는 미처 생각하지 못했다면서 고마워했어. 그동안 자기 방만 열심히 치웠고, 깔끔하지 못한 엄마 탓만 했다는 거야.

며칠 뒤에 연락이 왔어. 자기가 집을 깨끗이 정리했더니 엄마가 고마워하더래. 엄마의 환한 미소를 보니까, 자기가 엄마의 부족한 점을 채워 주면 가족이 행복해진다는 걸 알게 되었다고도 했어. 그 대신 엄마는 자기한테 더 이상 잔소리를 하지 않기로 했다는 거야.

이처럼 부모와 자식 사이에도 서로 부족한 부분을 채워 주면서 행복한 가정을 만들 수 있어. 부모니까 일방적으로 자식에게 베풀어야 하고, 자식이니까 무조건 받아야 한다는 생각만 버린다면 말이야. 가족 사이의 갈등은 영원히 풀리지 않을 것 같아도 절대 그렇지 않아. 그건 어쩌면 인생이라는 마라톤에서 잠시 거쳐 가는 과정일 수 있어. 나 역시도 가족 간의 갈등과 문제 때문에 고통스러웠던 적이 많았지. 하지만 너무 매몰되지 않으려고 거기서 한발 물러나 지켜보려고 애를 썼어. 그런 노력과 여유 덕분에 오늘날까지 가족들과 잘 지내고 있는 거란다.

### 빨강머리 앤

〈빨강머리 앤〉이라는 애니메이션을 못 본 어린이는 거의 없을 것이다. 이 만화 영화는 캐나다의 루시 모드 몽고메리라는 작가가 1908년에 쓴 소설이 원작이다.

앤 셜리라는 고아가 에이번리 마을의 '초록색 지붕 집'에 입양되어 성장하는 과정을 그린 작품이다. 앤은 조금 수다스럽고 때로는 엉뚱한 행동으로 말썽을 일으키기도 하지만 아주 솔직하고 상상력이 철철 넘치는 소녀다. 남매 사이인 매튜 아저씨와 마릴라 아주머니는 이런 앤을 사랑으로 정성껏 돌보아 준다. 직접 낳은 아이는 아니지만, 늙은 남매가 아이를 입양해 소중한 가족이 된 것이다. 이미 오래전에 가족의 미래를 내다본 소설이라 하지 않을 수 없다.

애니메이션 포스터                    초판 표지와 삽화(1908)

### 가족의 미래

가족의 미래를 전망하는 사람들의 견해는 조금씩 다르다. 과거를 돌이켜 보면 모계사회가 부계사회로 변하듯 지금 우리의 가족상도 변할 수밖에 없다. 훗날 가족의 모습은 다음과 같이 여러 가지로 전망해 볼 수 있다.

## 1. 쇠퇴설

가족이 앞으로 쇠퇴하거나 쓸데없다고까지 주장하는 사람이 많다. 그 이유는 '가족이 요즘 고통에 처해 있기 때문이다.', '가족 구성원의 책임감이 점점 없어지고, 남을 위해 헌신하려 하지 않는다.', '이기심만을 내세우고 있기에 가족이 점점 위태로워진다.'는 견해 때문이다. 구성원의 수도 적어졌고, 안정적이지 못하다. 문제가 생기면 이혼을 하거나 가출을 해서 가족이 쉽게 무너지는 현상은 자신을 가족보다 먼저 내세우기 때문이다.

## 2. 변화설

가족은 여전히 활기차고 행복하며 미래 사회가 변하니까 가족도 그에 맞게 변화한다는 의견이다. 옛날에도 일하는 어머니들은 있었으며 편부모 가족도 늘 있었다. 섣불리 결혼해서 가족들을 불행하게 하는 것보다는 성숙하고 안정적인 직업을 가질 때까지 결혼을 미루는 독신도 늘 있었다는 견해다.

## 3. 강화설

가족 관계가 옛날보다 더 강해진다는 주장도 있다. 오늘날의 가족이 옛날보다 훨씬 더 서로를 사랑하고 소통하며 대화한다는 주장이다. 가족 안에서 친밀함과 사랑, 보호, 안정과 애정 등등을 배우고 유지한다고 본다. 사회가 어렵고 불안할수록 가족은 개인과 사회에게서 정말 중요한 역할을 하고 있다는 것이다.

### 잔소리와 대화

수많은 자녀 교육의 방법 가운데 가장 좋은 것은 자녀의 자존감을 높여 주는 것이다.

미국 클린턴 대통령의 어머니는 아들에게 늘 '사랑한다'와 '네 능력을 엄마는 믿는다'라는 말을 했다고 한다. 자녀에게 절대적인 존재인 어머니가 아들에게 해준 말이 큰 도움이 되어 대통령까지 되게 만든 것이다.

부모들은 자녀가 실패를 했을 때 보호하고 감싸고 싶은 마음에 잔소리를 하고 간섭을 한다. 하지만 그런 때일수록 자녀의 실패를 과감하게 인정하고 재도전하게 해야 한다. 실패로 인해 자녀의 자존감이 전혀 손상되지 않았다는 걸 느끼게 해주어야 한다.

흔히 부모는 자녀가 모범생이 되길 원하며 잔소리를 한다. 하지만 모범생은 규정과 틀을 못 벗어난다. 새로운 도전과 창조적인 발상을 해본 적이 별로 없기 때문이다. 주어진 틀에 익숙하다 보니 발전이 부족하다. 그런데 잔소리는 바로 틀을 강조하고 규정을 머리에 집어넣는 행위가 된다. 자존감을 길러 주는 것만이 어떤 실패와 좌절로도 꺾을 수 없는 자녀들의 보호막이며 도전 정신의 근원이 될 것이다. 부모와 자녀 사이의 대화가 바로 그런 자존감을 올려 주는 지름길이다.

## 대화의 단계

### 1. 무시

상대방의 말을 전혀 듣지 않는 것이다. 일방적으로 지시하거나 명령하는 것이 이 경우에 해당한다.

### 2. 건성으로 듣기

"응", "그래", "알았어" 등 건성으로 맞장구를 치면서 듣는 체하는 대화한다. 한 귀로 듣고, 한 귀로 흘리며 건성으로 반응하면 대화를 하는 상대방은 곧바로 알아차릴 뿐만 아니라 큰 상처가 된다.

### 3. 선택적 경청

듣고 싶은 이야기만 골라 듣는 것이다. 남의 이야기를 있는 그대로 받아들이는 것이 아니라 소통에 문제가 생긴다.

### 4. 적극적 경청

상대가 하는 이야기에 주의를 기울이고 그 말에 집중하여 듣는 것이다.

### 5. 공감하는 대화

상대방의 말 속에 묻어 있는 느낌과 감정을 받아들이며 듣는 최고 형태의 대화다.

### 10장

# 몸에 밴 나쁜 습관을 고치고 싶어요

학교로 강연을 가면 내가 〈까칠한 재석이 시리즈〉를 어떤 계기로 쓰게 되었냐고 묻는 질문이 많아. 사실 집필 계기는 아주 간단해. 출판사에서 나에게 요청한 책은 애초에 '까칠한 재석이'와 같은 소설이 아니었어. 청소년을 위한 자기계발서를 써 달라고 했던 거지. 일상적인 습관이나 행동을 조금만 바꿔도 삶이 변한다는 주제로 말이야. 나는 일단 좋다고 했지. 그러면 서 말했어. 내가 이야기를 만드는 직업을 갖고 있는 작가이니 그러한 내용을 담은 소설을 써 주겠다고. 출판사는 흔쾌히 동 의했고 그렇게 해서 나온 책이 《까칠한 재석이가 사라졌다》야. '재석이가 사라졌다'는 말은 폭력이라는 나쁜 습관으로 인해 다른 아이들에게 공포를 주는 그러한 재석이가 없어지고, 버룻과 습관을 고쳐서 다시 태어난 재석이가 돌아온다는 내용을 담아 제목을 정한 거야.

 습관을 바꾸기란 정말 어려운 것 같아요.

그렇지. 스스로 습관을 바꿀 수 있는 사람은 세계를 구할 수 있는 사람이라고 생각해. 그만큼 대단하면서도 쉽지 않은 일이라는 얘기야. 내 얘기를 하자면 칫솔질을 세게 하는 습관 때문에 이뿌리가 파인 적이 있는데, 치과 의사가 말했어. "어렵겠지만 칫솔질을 가로로 하지 말고 세로로 하시죠." 이 '어렵겠지만'이라는 말이 나를 흥분시켰지. 마음먹고 하면 되는데 어려울 게 뭐가 있나 싶었어. 그날 이후로 나는 칫솔질을 위아래로 하게 되었어. 오랫동안 굳어진 습관을 바꾼 거지. 처음에는 습관처럼 가로로 하다가도 다시 의지를 가지고 세로로 하다 보니 지금은 칫솔질을 위아래로 하는 게 더 자연스러워졌어. 이렇게 습관을 바꾸기란 쉽지 않지만 영 불가능한 것도 아니야.

 요즘은 게임에 빠져서 도저히 헤어 나오지 못하겠어요. 다른 일을 하는 시간에도 게임 생각이 자꾸 나고, 게임을 해야 스트레스가 풀리는 것 같아요.

청소년들이 부모들의 감시망에서 그나마 탈출구로 삼을 수 있는 게 게임이지. 그런데 게임은 워낙 재미있어서인지 적당히 조절해서 하기가 어려워. 게임을 하다 보면 자기도 모르는 사이에 무아지경에 빠지기 때문이지. 그만큼 게임은 스스로의 힘으로 끊기가 참 어려운데, 그전에 먼저 스스로의 자각이 필요한 것 같아. 게임을 많이 하는 것이 결코 네 인생의 옳은 방향이 아니라는 걸 너희 스스로 느껴야지.

내가 강연에서 자주 얘기하지만, 요즘 청소년들이 엄청나게 용돈을 퍼부으면서 몰두하는 게임을 만든 회사들은 크게 성장하고 있어. 벤처기업이었다가 대기업으로 발돋움하는 데 청소년들의 코 묻은 돈이 큰 도움이 되었지. 그래서 나는 청소년들에게 사진 자료를 보여 주지. 과연 그렇게 많은 청소년들을 게임 중독자로 만든 그 회사들은 어떻게 사회에 공헌하고 있는지 말야.

우리가 얼핏 생각해도 어떤 기업이 자신의 이익을 위해 사회에 암묵적인 피해를 주고 있으면 다른 측면에서 그만큼 뭔가를 보상해야 옳잖아. 사회에 기부금도 많이 내야 할 테고. 그러나 다음 도표를 보면 게임 회사들의 사회 공헌 액수는 너무나 미미해. 그게 무엇을 뜻할까? 결국 게임 회사도 오로지 이익을 내려는 기업의 특성에 충실할 뿐이야. 어른들의 장삿속과 상업성에 청소년들이 피해를 입고 있는 거지. 게임을 하면 할수록 공부할 시간도 뺏기고 가정 불화가 생기는데, 그렇게 번 돈으로 누군가는 큰 이익을 보고 있다는 사실을 알아야 해.

| 회사명 | 매출액 | 영업이익 | 사회공헌 예산 (세전 이익 대비) |
|---|---|---|---|
| 넥슨 | 7036억 | 2857억 | 5억 (0.17%) |
| 엔씨소프트 | 6347억 | 2338억 | 5억 (0.21%) |
| 한게임 | 6244억 | - | 129억 (포털부문 포함, 242%) |
| 네오위즈게임드 | 2772억 | 769억 | 8억 (1.04%) |
| CJ인터넷 | 2206억 | 474억 | 공개 거부 |
| 엑토즈소프트 | 1383억 | 229억 | 없음 (0%) |
| 위메이드엔터테인먼트 | 1063억 | 592억 | 1억 (0.16%) |

주요 게임업체 2009년 사회공헌 예산

(단위: 원, 매출액순)

저도 게임 회사의 상술은 알고 있어요. 하지만 게임은 중독성이 있어서 끊기가 쉽지 않아요.

아까도 얘기했지만 게임을 끊기는 정말 어려워. 뼈를 깎는 노력이 필요해. 예를 들면 컴퓨터를 거실로 내놓거나 아니면 스스로 게임을 자제하겠다고 부모님과 약속한 뒤 정해진 시간에만 게임을 한다든가. 아니면 담배 끊듯이 큰 결심을 하고 모질게 딱 끊든지.

길을 가다가 서너 살짜리 아이들이 스마트폰 게임에 빠져 있는 모습을 보면 가슴이 참 답답해져. 어릴 때부터 게임에 빠지면 책도 잘 읽지 않을 테고 깊은 생각을 할 기회도 그만큼 줄어들 텐데 말이야. 그렇게 되면 누군가 더 많이 생각하는 이들한테 이용당하고, 자기보다 더 교활하고 더 많은 것을 아는 사람 밑에 들어가서 그들의 노리개나 먹잇감이 될 텐데. 이런 걱정이 지나친 것일까? 게임에 중독된 어린아이들의 미래를 생각하면 정말 두려워.

하여간 게임에 집착하는 행동과 습관을 고치는 데엔 일단 물리적인 거리를 떼는 게 아주 중요해.

 그게 무슨 뜻인가요? 물리적인 거리를 떼다니요?

먼저 게임하는 시간을 줄이는 거지. 너희들은 주로 언제 게임을 하니? 부모님이 안 계시거나 방에 혼자 있을 때 방문을 잠그고 게임을 하지 않니? 그런 습관을 고치자는 거야. 부모님이 안 계실 때는 너희들도 밖에 나가 운동을 하거나, 다른 관심거리를 만들어서 그것에 몰입해 봐. 그리고 게임용 컴퓨터를 네 방이 아닌 다른 곳으로 옮겨서 스스로 물리적인 불편함을 만드는 것도 좋아.

내가 아는 젊은 부부 이야기를 해 줄게. 이 부부는 독하게 돈을 모으기로 결심했다고 해. 그래서 어떻게 한 줄 알아? 돈을 찾을 때 쓰는 은행 카드를 다 없애 버렸어. 돈이 필요할 때는 은행에 직접 가서 일일이 전표를 써서 찾도록 만든 거지. 돈 한 번 찾기가 참 귀찮고 어려웠겠지. 그러니까 자꾸 돈을 안 쓰게 되고, 그러다 보니 통장에 돈이 쌓이고 마침내 꽤 큰돈을 모아서 집도 사고 원하는 걸 할 수 있게 되었어.

이처럼 몸에 밴 습관을 고치려면 뭔가 물리적인 차단이 필요해. TV를 너무 많이 보는 친구가 있다면, 아예 TV를 없애는 방법까지 생각해 봐야 해. 스스로 정말 문제라고 생각하면 부모님께 TV를 없애 달라고 먼저 말씀드려도 되고. 내 조카도 대학교 들어갈 때까지는 TV 없이 살았어. TV가 없으니까 가족끼리 대화도 나누고, 책도 읽고, 여유롭게 살게 되더라는 거야. TV를 거실에 떡하니 놓아 두고 순전히 자기 의지만으로 보지 않는다는 건 결코 쉽지 않아.

그렇군요. 그러면 자위하는 것도 물리적인 거리를 떼면 조절할 수 있나요?

청소년들은 자위 중독으로도 참 많이 고민하는데, 이것도 마찬가지야. 자위라는 게 할 일이 없을 때 갑자기 생각나는 경우가 많지. 이걸 너무 많이 하면 성장에도 문제가 생기고 에너지도 과도하게 소비되잖아. 자위 중독에서 벗어나려면 자기 자신을 일부러라도 조금 더 바쁘게 굴려야 해. 하루의 일과를 타이트하게 계획을 짜고 몸을 자꾸 움직이면서 이것저것 하는 거야. 하다못해 집안일을 돕는 것도 에너지를 방출하는 좋은 방법이야. 부모님을 돕고 거들다 보면 스트레스도 풀리고, 부모님도 기뻐하실 거야. 그것도 싫다면 운동이나 자전거 타기 등 몸을 많이 움직이는 다른 일을 해도 좋아. 그러다 보면 자연히 알찬 하루를 살 수 있게 되고 자위행위에 대한 집착도 줄어들지.

남의 물건을 슬쩍하는 게 습관이 되어 버렸어요. 저도 모르게 자잘한 사탕이나 과자, 껌 같은 걸 훔쳐요.

솔직히 어렸을 때 한 번쯤 남의 물건을 슬쩍해 본 사람들이 꽤 있을 거야. 나도 그랬거든. 이것도 역시 마찬가지로 습관이 되지 않게 하려면 탐나는 물건들이 있는 곳에 가지 않는 게 좋아. 편의점이나 문구점 등에 가면 물건을 갖고 싶다는 욕심이 한두 번은 들었을 거야. 그걸 견물생심(見物生心)이라고 하지. 아예 그런 곳에 발을 끊어야 도벽이 생길 일이 없어져. 물론 그런 곳에 같이 가자는 친구들이 있으면 그 아이들과도 거리를 둬야 해. 그렇게 하다 보면 도벽은 자연스럽게 치료가 돼.

삼국을 통일하는 데 큰 공을 세운 김유신 장군도 한때 술과 여자에 중독된 적이 있었어. 화랑 시절, 천관이라는 기생을 보고 첫눈에 반해서 매일 술집에 드나들었지. 하지만 어느 날 그 사실을 알게 된 어머니가 김유신을 엄히 꾸짖었고, 김유신은 깊이 반성한 뒤 다시는 그 술집에 안 가기로 작정했어. 그런데 어느 날, 김유신이 말 위에서 잠시 졸다 깼더니 천관의 술집 앞이었어. 김유신의 애마가 주인이 늘 가던 곳으로 발걸음을 옮긴 거였어. 화가 난 김유신은 말의 목을 베어 버렸어. 자신이 아주 아끼던 말이었는데 말이야. 그만치 김유신은 굳은 의지로써 술집과 물리적인 거리를 두고 있었던 거야. 이렇게 너희들도 자신의 안 좋은 습관을 스스로의 의지로 끊지 못하겠다면, 인위적인 억제 장치를 만들어야 해.

게으름도 습관 같아요. 특히 방 청소는 너무 하기 싫은 거예요. 그것 때문에 부모님이랑 맨날 싸워요.

그렇지. 청소년들이 부모들과 흔히 싸우는 이유 중에 하나가 게을러서 자기 방을 정리하지 않는 습관 때문이지. 이건 여러 가지 요인과 연결이 되어 있어. 게으름은 어디서 오는 걸까? 게으름은 뚜렷한 목표 의식이 없는 사람들에게서 많이 발생해.

또한 자기 인생에 대한 주인 의식이 부족한 사람들도 마찬가지 란다.

물론 청소년기에 자기 삶에 대해 주인 의식을 갖기란 쉽지 않아. 아직 인생의 가치관이 채 확립되지 않았고, 여러모로 더 성장해야 하므로 주위의 얘기에 많이 휘둘리지. 또한 뭔가 굳게 결심하더라도 금방 흔들리기도 하고. 그렇다 하더라도 주인 의식은 꼭 필요해. 회사나 공장 등에서 맨 먼저 출근하는 사람을 보면 보통 그곳의 주인이야. 고용되어 일하는 사람들은 정해진 근무 시간에 맞춰서 도착하지. 왜냐고? 그 시간부터 일한 만큼 돈을 받도록 정해져 있기 때문이야. 고용인들은 어디까지나 월급을 받기 위해 일하는 경우가 많아. 그 일을 자기 일이라고 생각하면 근무 시간 외에도 자진해서 일을 하겠지. 반면 주인은 월급과 상관없이 온전히 자기 일이기 때문에 밤이든 새벽이든 출근할 수 있는 거지.

게으름을 다스리는 것도 마찬가지야. 네가 네 인생의 주인이라고 생각한다면 그만큼 인생을 잘 관리해야 해. 방이 어지럽혀져 있는데, 만일 누군가 치워 주겠지 하는 생각으로 버려 둔다면 그건 게으른 거야. 엄마와 아빠가 한두 번은 치워 줄 수있어. 그러나 그것에 익숙해지면 그 방은 과연 네 방이라고 할수 있을까? 엄밀히 말하면 엄마와 아빠의 방이 되는 거야. 그러니 부모님이 와서 '왜 또 어지럽혀 놓았냐?'라고 잔소리를 해도 너희들은 아무 말도 할 수 없을 거야. 만일 이 방이 정말 네 방이고 부모님이 너만의 독립 공간으로 인정해 주기를 바라고 더 이상 잔소리는 듣기 싫다면 스스로 관리를 해야지. 깔끔히 치우고, 정리하고, 한번 쓴 물건은 제자리에 놓고. 그러면서 너를 관리하고 네 인생을 관리하는 거야. 네 왕국은 네가 관리한다는 정신을 갖는 거지. 생각해 봐. 어느 왕이 자기 왕국을 돼지우리처럼 어지럽게 해 놓겠어?

 그렇더라도 부모님이 너무 잔소리를 많이 해요.

네가 방을 안 치우는데 부모님이 왜 화를 낼까? 단순히 방을 어지럽혔기 때문이 아니야. 자기 방 하나 관리하지 못하는 모습을 보며 속이 상하신 거야. 저렇게 해서 어떻게 세상에 나가 자기 관리를 하며 살 수 있을까 싶은 거지. 늦잠 자는 것도 그래. 너희는 누구를 위해서 학교에 가니? 네 스스로를 위해서잖아. 그런데도 늦잠을 자는 건 결국 엄마와 아빠를 위해 학교에 간다고 고백하는 꼴이야. 뭐 필요하면 엄마가 깨워 주겠지, 이런 생각을 하는 것 자체가 그걸 대변해 주지. 자기가 삶의 주인이라면 엄마가 깨우기 전에 일어나야지. 엄마가 아침 식사를 준비하는 소리가 들리면 꾸물대지 말고 일어나서 침구를 정리하고 어지러운 방을 치우는 거야. 1분도 안 걸려. 이렇게 금방 끝나는 일조차 못하면서 '내 삶의 주인이 나'라고 말하며 큰일을 하겠다는 건 앞뒤가 맞지 않는 거야.

그리고 평소에 정리 정돈을 해놓으면 물건을 찾거나 관리하기도 쉬워. 무엇보다도 너만의 왕국인 네 방을 잘 관리하는 현명한 군주가 된 느낌을 느껴 봐. 덧붙여 정리 정돈이 잘된 방에서 공부를 해야 정신도 사납지 않아서 뜻과 목표를 향해 더욱 정진해서 달릴 수 있는 거야.

 다른 나쁜 습관들은 어떻게 고치죠?

안 좋은 습관은 이밖에도 많을 거야. 그러나 원리는 똑같아. 뼈를 깎는 노력과 의지가 있어야 하고, 그런 의지를 키우기 위해서는 네가 처한 여건을 바꿔야 해. 나쁜 습관과 거리를 멀리하고, 나쁜 친구들과 관계를 끊고. 주위 어른들이 지적하는 부분은 잘 받아들여서 네 발전의 밑거름으로 삼는 거지.

청소년기에 무엇을 할지 갈피를 못 잡는 아이들이 많아. 이때 올바른 습관으로 네 자신을 반듯하게 정돈하면 탄탄한 길이 보여.《빅보이》에서 현준이가 김청강이라는 멘토를 만나서 꿈을 향해 나아가듯이, 너희도 스스로에게 멘토가 되면 돼. 스스로 네 방과 네 삶의 왕이 되어야 해. 그렇게 되면 아침마다 엄마가 깨우지 않아도 너를 위한 학교에 가기 위해 벌떡 일어날 수 있고, 너를 위해 네 방을 정리하고, 너를 위해 포르노라든가 TV, 게임, 도벽, 게으름 같은 것을 끊을 수 있는 힘을 갖게 돼.

이걸 만약 못 하겠다면? 그럼 결론은 아주 간단해. 그걸 잘하는 사람 밑에 가서 조수 역할을 하면 돼. 시키는 일이나 하고, 푼돈을 받고. 매일매일 그 사람이 네 운명의 칼자루를 쥐게 하면서 살면 돼.

그런 삶을 원하는 사람은 아무도 없을 거야. 너는 고귀하고 소중하니까. 이 세상에 하나밖에 없으니까. 이런 너 자신을 잘못된 습관 하나를 못 고쳐서 더욱 나쁜 삶으로 이끌어 간다면 곤란해. 나쁜 습관은 더 나쁜 습관을 부르게 되어 있잖아. 결국 나쁜 습관은 나쁜 삶을 부르게 마련이고.

 선생님도 나쁜 습관 때문에 힘든 적이 있으세요? 선생님은 어떠셨어요?

나는 담배는 아예 피우지 않고 술도 분위기를 맞추기 위해서 한두 잔 정도만 마셔. 입에 대는 척만 하는데 술을 못 마셔서가 아니고 나 자신을 관리하기 위해서야. 커피도 거의 마시지 않아. 커피를 많이 마시면 밤에 잠을 못 자고, 그다음 날 컨디션에 문제가 생기기 때문이야. 이처럼 나는 아주 성실하게 자신을 지켜 주고 보호해 줘. 나는 스스로에게 소중한 사람이니까.

너희들도 마찬가지야. 나쁜 습관으로부터 너를 지켜 주면 자신을 좀 더 나은 사람, 좀 더 높은 곳을 향해 달리는 사람으로 끌어올릴 수 있단다. 네 스스로를 혼자 힘으로 그곳까지 끌어올렸다면, 너희들이 느낄 기쁨은 이루 말할 수 없이 클 거야. 그건 내가 장담할 수 있어.

세상은 넓고 네가 할 일은 너무나 많아. 너 자신을 네가 사는 작은 동네에 가둘 필요는 없어. 네 발목을 잡고 있는 나쁜 습관들을 과감히 잘라 버리고 높이 멀리 날아올라 봐!

## 부자들의 습관

부자들의 공통된 습관은 놀랍게도 잠자기 전의 30분 독서라고 한다. 재산만 무려 25조 원에 이르는 홍콩 청쿵(長江) 그룹 리카싱 회장은 최종 학력이 중학교 중퇴다. 그런 그가 부자가 된 비결은 바로 70년간 매일 잠자기 전 30분 독서에 있다.

부동산 재벌 도널드 트럼프, 빌 게이츠, 윈스턴 처칠, 워렌 버핏 등 세계적인 경영자들의 공통 습관도 독서다. 세계 최고의 부자인 빌 게이츠가 이렇게 말했다.

"오늘날의 나를 만든 건 우리 동네 도서관이었다."

이렇게 말할 정도로 독서광이 바로 그다. 이왕 습관을 들일 거라면 독서 습관 들이기를 권한다.

(왼쪽부터) 리카싱, 윈스턴 처칠, 빌 게이츠

## 게임 중독

과도한 게임으로 인해서 정신적으로나 육체적, 사회적으로 문제가 발생한 상태를 게임 중독이라고 한다. 이 게임 중독은 약물중독과 비슷해서 병적으로 집착하게 되고 시간이 흐르면 내성이 생기고 금단증상까지 발생하여 일상생활을 제대로 할 수 없게 만든다.

게임에 중독되면 시간 조절을 하지 못하게 되면서 점점 게임 시간이 늘어날 뿐 아니라 게임을 못하게 하면 불안 초조 증상을 보인다. 그 결과 성적이 떨어지고, 친구들 관계도 멀어지며 심한 경우에는 학교에 가지 않거나 대인기피증이 발생할 수도 있다.

### 도벽

도벽의 원인은 잘 알려져 있지 않다. 생물학적으로는 뇌의 특정 부분이 손상되거나 신경 이상으로 물건을 훔치는 행동이 나타난다고 보기도 한다. 뇌의 운동을 조절하는 능력에 문제가 있거나 억제되어 도벽이 나타난다는 것이다.

정신 분석학적 입장에서는 아동기에 사랑하는 사람을 빼앗겼을 때 그에 대한 복수로 물건 훔치기를 좋아하게 된다는 보고도 있다.

어떤 견해건 도벽을 치료하는 방법은 마땅치가 않다. 그렇기에 단순하게 파악할 것이 아니고 그만큼 고치기도 힘들다는 의미. 전과가 많은 범죄자들은 대개 도벽을 이기지 못한 사람들인 경우가 많다.

도벽은 초기에 원인을 발견해 스스로 의지를 가지고 끊도록 노력해야만 한다. 그렇지 않으면 실정법 위반으로 처벌을 받는 중대한 사태가 벌어진다.

### 침상 정리의 중요성

미국 해병대 사령관이 예편하면서 남긴 교훈은 바로 침상 정리. 이것을 아침에 잘하는 것이 성공의 비결이라는 것이다. 간단한 침상 정리가 왜 성공의 비결일까? 그 간단한 일을 과업이라 생각해서 빠르게 깔끔하게 해내면 그다음의 어떤 과업도 자신감 있게 해결할 수 있는 능력이 생긴다고 한다. 아침에 벌써 그날의 과업 가운데 하나를 완벽하게 해결한 자심감이 사람을 하루 종일 강하게 만든다는 것이다. 정리 정돈이 모든 일에 대한 강력한 의지를 다져 주는 것이기에 자기 자신을 계발하는 수단으로 쓰일 수 있음을 보여 주는 단적인 예다.

자신의 방을 깔끔하게 유지하는 것. 그것은 바로 삶을 늘 장악하고 있으면서 주어진 과업을 그때그때 잘 해결할 수 있다는 뜻이기도 하다.

### 성장

청소년의 성장은 여러 의미를 가지고 있다. 외적으로는 신체의 성장이 가장 도드라진다. 그러나 진짜 중요한 성장은 내면의 성장이다. 외적 성장보다 내적 성장이 더딘 것이 사실이다. 이제 갓 초등학교를 졸업한 중학생의 키나 덩치가 이미 성인을 넘어서는 경우도 많다.

그렇다면 가장 중요한 내적 성장은 무엇을 의미하나? 내적 성장은 어른의 미덕을 갖추는 것이다. 대부분의 어른들은 어려운 현실을 참고 인내할 줄 안다. 예를 들어 생계를 위해 노력하는 부모님들은 매일매일 삶의 고통을 참고 견디는 중이다. 어른들은 자신의 행동이 어떤 결과를 가져올지를 먼저 생각한다. 그렇기에 화가 나도 참고, 섣부른 행동을 하지 않는다. 그리고 가장 중요한 성장은 스스로 능력을 가지고 책임을 다하는 것이다.

청소년기의 성장은 바로 그러한 능력을 준비하며 책임을 질 수 있는 마음의 자세를 갖는 것을 의미한다. 진정한 성장은 그렇기에 오랜 시간이 걸리며, 참고 기다려야 얻을 수 있다.

# 너희는 보석 같은 존재

초판 1쇄 펴낸날 2016년 8월 8일
초판 2쇄 펴낸날 2016년 11월 15일

지은이 고정욱
펴낸이 최만영
책임편집 한해숙
디자인 최성수, 심아경
마케팅 박영준, 신희용
영업 관리 김효순
제작 김용학, 이현웅

펴낸곳 ㈜한솔수북
출판등록 제2013-000276호
주소 03996 서울시 마포구 월드컵로 96 영훈빌딩 5층
전화 02-2001-5822(편집) 02-2001-5828(영업)
전송 02-2060-0108
전자우편 isoobook@eduhansol.co.kr
책담 블로그 http://chaekdam.tistory.com
책담 페이스북 https://www.facebook.com/chaekdam

ISBN 979-11-7028-079-8 43810

\* 무단 전재와 복제를 금합니다.
\* 이 도서의 국립중앙도서관 출판시도서목록(CIP)은 서지정보유통지원시스템 홈페이지
  (http://seoji.nl.go.kr)와 국가자료공동목록시스템(http://www.nl.go.kr/kolisnet)에서
  이용하실 수 있습니다.(CIP제어번호: CIP2016017847)
\* 책담은 ㈜한솔수북의 인문교양 임프린트입니다.
\* 책값은 뒤표지에 있습니다.

⫼책담 다른 내일을 만드는 상상